NATIONAL GEOGRAPHIC

国家地理神话故事宝库

希腊神话

[美国] 唐娜·乔·纳波利 著
[英国] 克里斯蒂娜·巴利特 绘
步朝霞 译

译林出版社

前言

在我们的日常生活中，有些事有章可循：太阳东升西落，繁星点亮夜空，江河流向海洋。空中、陆上、水里，处处一派生机。各种生命形式形成食物链：植物被动物吃掉，这些动物又被另一些动物捕食。但也会有突发事件，如火山爆发、地震、海啸或暴风雨。总之，地球上的生活是复杂的。

关于人类活动的最早记载显示，人们已经认识到这种复杂性，并希望对其做出解释。据我们所知，人类是唯一对存在的本质怀有各种各样疑问的生物。不同社会中的人们提出的问题通常都很相似，但他们给出的答案和对这些答案的重视程度可能大不相同。而正是那些答案，界定了当今社会的价值观。它们体现了先人的才智、经验与情感，成为今天各种伦理、仪规及叙事的基础。

在本书中，我们将看到古希腊人对很多疑问做出的回答。我们也将看到男女众神、英雄及各种怪兽，他们有爱有恨，会嫉妒，也会受到欺骗。那些让普通人获得丰富体验或备受折磨的情感，同样也是他们幸福或痛苦的源泉。读着这些神话故事，我们逐渐明白，古希腊人想从神那里得到的，一定不仅仅是那些重大问题的答案，他们一定也希望借助神这面镜子更好地了解自己。

目　录

从最初的虚无中，产生了空气、水和土。它们剧烈地翻滚、旋转，直至融为一体，密不可分。此时，生命的诞生已成必然。一棵树苗破土而出，渐渐长得枝繁叶茂，树干粗壮。树上结出的果实就是男女众神，他们在日月星辰的照耀下法力大增，延伸至宇宙的每一个角落。那棵树也将养育此后出现的凡人，同时给这些头脑简单的生灵带来无数困惑。

阿波罗
赫菲斯托斯
赫尔墨斯
乌拉诺斯
阿瑞斯
宙斯
珀尔塞福涅
赫拉
得墨忒耳
奥林匹斯山神族家谱图
盖娅

大地女神盖娅

大地女神盖娅

世界是如何从一片虚无中产生的？这似乎并不容易。

最初只有混沌之神卡俄斯，后来在卡俄斯中产生了海水、陆地和空气。它们漂移，混合，直到海水变得黏稠，陆地泥泞不堪，空气里满是泥水。热的东西可以迅速冷却，冷的东西可以瞬间燃烧起来。它们无形无质，一样东西毫不费力就能融入另一样东西，继而突然啪的一声，其中一样或这两样东西都变得坚硬无比。重的东西变得轻若无物，轻的东西撞向陆地、海水和空气，然后碎裂，洒落，四散为万物与虚无。

大自然的规则呢？还没有规则。实际上，连大自然都不存在。在这片混乱之中，除了秩序的缺乏，什么都是不确定的。而缺乏什么，就需要有什么。

从那原始的需要中，产生了母性之力——盖娅，她全凭一己之力诞生了，这就是需要的结果。

盖娅吸取热，储存在心中。她把一切能够得到的有形之物都拿来裹在身上，一层又一层，变得越来越坚固。她又把如玻璃般透明的沙子聚集在一起，一粒一粒地拿起来，除去空气和水，铺出沙漠和海滩；又把巨大的石块堆积成高山，越堆越高，

盖娅是一个闭合的圆环，体内流动着热。她的能量让陆地、海水和空气汇集，以便迎接生命的到来。她被称作大地女神。

大地女神盖娅

直至山顶远离她炽热的心，山顶的积雪不再融化。

随着盖娅从水和空气中脱离，海水汇聚成几个巨大的水坑，天空也在上面呈拱形铺展开。就这样，盖娅的出现使得海洋连成一片，叫蓬托斯，天空也成为一个整体，叫乌拉诺斯。

盖娅是慷慨无私的，就像一位母亲一样。她张开自己的静脉，让水在大河、小溪中奔流，在深广的湖泊或隐蔽的池塘里聚集。她也不时给空气让路，让裂缝去拥抱它。其中一个豁口尤其大，那就是等待死者的深渊。不过这个时候她对此并不知情。她只是看到什么才知道什么，就像小孩子一样，见到什么都是第一次。盖娅创造出这个深渊，仿佛本能地知道她的慷慨之举将带来生命的诞生与死亡。

海洋受到盖娅的启发，欣然接受了岛屿。天空也学着她的样子，接纳了星辰。继而他们进一步联手，让水循环起来：海水从咸咸的大海升至天空，然后变成甜甜的淡水落到地面，最后再流回大海。

不过，从那巨大的原始需要中诞生的并不只有盖娅这一个孩子，还有另外两个：冥界塔耳塔洛斯和爱神厄洛斯。接下来，混沌之神卡俄斯打了一个大大的哈欠，从他口中流出了黑暗之神厄瑞玻斯和漆黑的黑夜女神。厄瑞玻斯跟盖娅一样，既是一种无形的力量，也是一个有形的地方。他希望能填补空虚，于是住进那个等待死者的深渊，成为冥界的上部区域。

厄洛斯很美，可那不是普通的美。他的美令人震颤，让人梦想着被温暖的爱抚包裹，或陶醉于浓稠细滑的蜂蜜，或沉迷于珍馐美味、琼浆玉液，或随叮当作响的音乐飞速旋转，或在这黑暗的世界里看到炫目的光芒。

黑夜女神与厄瑞玻斯相爱了，他们生出白昼之神。随着光的出现，在舒适的淡水与咸水中，在广袤无垠的天空中，地球上开始出现生命。各种草和藤蔓弯弯曲曲，四处丛生，灌木也悄然绽放出美丽的花朵。

盖娅看着黑夜女神和厄瑞玻斯相爱，心中升起了浓浓的妒意。她感到无比孤独。所有这些奇迹都是她创造的，却没有一个能带给她满足感。她迫切地想要一个伴侣，刻不容缓，于是便转向天空和大海，也就是乌拉诺斯和蓬托斯。这两个她当然都爱，不过乌拉诺斯看起来好像更能给人以抚慰，而蓬托斯似乎有些暴躁。于是她选择乌拉诺斯做她的丈夫。

太空中闪耀的强光

要有光

世界各地都有关于生命起源的传说。在这些传说中，太阳通常扮演着举足轻重的角色。考虑到太阳对地球上的生命是何等重要，这一点都不奇怪。希腊神话却与众不同。在它的创世故事中，白昼的光出现得很早，但这光跟太阳没有什么关系，至少最初是这样。这让人觉得有点奇怪。

天空之神乌拉诺斯

天空之神乌拉诺斯

乌拉诺斯是天空之神。他是海神蓬托斯的兄弟，大地女神盖娅的丈夫。

乌拉诺斯将自己的身体覆盖在女神之上，像暖意融融的春夏之夜，温柔地包裹住她。天上群星闪耀，盖娅因厄洛斯而起的那些梦想一一变为现实。乌拉诺斯旋转着穿过树林，树叶翩然起舞。他轻轻地吹拂草地，马利筋的种子随之飘散各处。他温柔体贴，这是盖娅最中意的，也是天地和谐的原因所在。

他们互相给予对方力量，后来还包括蓬托斯。很快，各种各样的野兽在陆地上奔跑，蜂鸟在天空中盘旋，隼从高空猛地俯冲下来，亮闪闪的鱼成群结队地在海里游来游去。在盖娅、乌拉诺斯及蓬托斯慈爱的笑容里，宇宙中的生命在搏动，低语，欢唱。

在那美妙的歌声中，盖娅为乌拉诺斯生下众多子女，有十二个之多。

这叫乌拉诺斯难以接受。孩子们长得高大、强壮，他害怕他们会把宇宙的边远地带据为己有。你看他们，一个想去最深的漩涡里嬉戏，一个要到高空闪耀出比乌拉诺斯还要夺目的光芒，一个又要去冥界最幽暗的角落里玩耍。

除此之外，他们还不好管教。一个不停地问问题；一个自命不凡，仿佛正义的化身；一个表现得比他们慷慨大方的母亲盖娅还要慈爱——多么狂妄！这些孩子快要把乌拉诺斯逼疯了。

遥远的行星

天王星绕太阳公转的速度缓慢，亮度较暗。它由水冰物质、氨和甲烷构成，外面包裹着一层以氢为主的云状物，最外面则是一层薄薄的甲烷。这层甲烷让天王星看上去呈蓝绿色。天王星的表面呈液体状，并有狂风疾速吹过。这颗寒冷的行星是倾斜的，自转轴几乎正对着太阳。从望远镜中可以看到，天王星的众多卫星就像围绕着靶心的圆环。

一位艺术家笔下的天王星

他们太强壮了，人数太多了。

乌拉诺斯叫他们“提坦”，意思是“伸展者”，因为他们想往每一个方向伸展。他们想要权力。就是这样！一点没错。如果有一天他们要密谋推翻他……

乌拉诺斯吓得浑身发抖。那是他自己的孩子，可是一想到他们，他心里就满是憎恶。

于是他把孩子们困在他们母亲的体内——大地的幽深之处。

然而盖娅爱乌拉诺斯。她为他生下更多孩子，但乌拉诺斯的恐惧害了孩子们。那是三个儿子，长得很结实，是的，甚至可以说很魁梧，可是每个人只有一只眼睛，长在额头正中。乌拉诺斯叫他们“库克罗普斯”[①]，意

① 即独眼巨人。

思是“圆眼睛”。一看到他们，他就十分反感。盖娅仍然爱着乌拉诺斯，继续为他生下更多孩子。此时，乌拉诺斯的恐惧已经变为仇恨。有这样一个父亲，孩子们自然难逃畸形丑陋的厄运。又是三个儿子，他们力量非凡，但每个人都有五十个头，肩膀上伸出一百只手臂。乌拉诺斯扭过头去，感到胃里在剧烈地翻腾。

于是乌拉诺斯把所有孩子——他和盖娅的每一个后代——都囚禁在大地的冰隙和洞穴中。

盖娅发出痛苦的呻吟。她的孩子们本应茁壮成长，现在却惨遭囚禁。丈夫的温柔怎么没有了？仁慈到哪里去了？乌拉诺斯已经变得自私而残忍。

乌拉诺斯对提坦众儿女的恐惧无异于一种毒害，此后他的孩子，从只有一只眼睛的到有一百只手臂、五十个头的，全部都丑陋骇人。

于是盖娅强忍住哭泣，拿起一把巨大的弯刀——极其锋利的镰刀，对自己身体内的孩子们说：“你们的父亲太邪恶了。听着，按我说的做，你们就能过上自由的生活。”

那些孩子，尽管长得高大、强壮，尽管人数众多，却只是紧紧地挤作一团，犹豫不决。母亲怎么能这么说？乌拉诺斯可是他们的父亲啊。

但是提坦神中年纪最小的一个，克洛诺斯，却没有跟兄弟姐妹们挤在一起。“母亲，我来。”他接过镰刀。

提坦王克洛诺斯

提坦王克洛诺斯

大地女神盖娅与天空之神乌拉诺斯的儿子克洛诺斯住在大地深处，乌拉诺斯将他和众兄弟姐妹关在那里。其他孩子都躲在大地母亲的幽暗处，被他们的父亲吓得瑟瑟发抖，克洛诺斯却只是不动声色地看，竖起耳朵听。

盖娅痛苦不堪，这个父亲对孩子们的残暴行径令她无法忍受。她撕扯着自己的头发，恨得咬牙切齿。最后，她递给孩子们一把闪着寒光的锋利镰刀，让他们去对抗他们的父亲。那些孩子吓坏了，纷纷往后退缩，只有克洛诺斯除外。勇气来自哪里，他也不知道，只是从未有过一丝犹豫。等到夜幕降临，父亲入睡，他便悄无声息地发起攻击。邪恶的乌拉诺斯，他所害怕的终于应验了。残暴好比毒蛇，到头来咬了自己的尾巴。

这一击威力十足，但并没有致命。没有，那个老人还活着，只是衰弱下去了。他与之前判若两人，身强体壮的日子已经一去不复返。一位永生不朽的神从此只能生活在屈辱中。

乌拉诺斯的血溅洒在盖娅身上，盖娅快速地转动身体，不停地旋转。是的，她想让孩子们得到自由。可是，啊！这代价多么高昂。她没有别的办法，只能一年到头不停地旋转。在盖娅旋转着的时候，乌拉诺斯的血渗进她的身体里，她又生出三群孩子。

愤怒的厄里倪斯[1]立刻逃向空中，在盖娅上方盘旋，尖叫着要复仇。

---

① 指三位复仇女神。

她们是父亲的女儿，一头蛇发在风中猛咬，眼睛里流出的泪都是血。

巨人们迈着缓慢、沉重的步子走出来。他们身披胸甲，手执长矛，全副武装，随时准备战斗。这些巨人环顾四周，对自己的突然出现似乎一片茫然，完全不知道是谁的过错——母亲还是父亲，谁又能知道？但有一件事确定无疑：他们得想办法开战。

众位仙女丝毫没有迟疑。她们是母亲的女儿，立刻在无垠的大地上跑开去，藏身于溪流、林间空地和阴凉的洞穴。很显然，这个世界欢迎她们的到来。她们尽情地欢笑、嬉闹，一出生就知道自己能为人们带来快乐。

乌拉诺斯身体的某些部分也溅入大海，从而有了他最后一个孩子：

太阳从地平线上冉冉升起

提坦神的统治时期

盖娅和乌拉诺斯生了十二个提坦神。克洛诺斯是众提坦神的首领，他的妻子是瑞亚。俄刻阿诺斯让海水环绕世界，泰西斯则是陆地上所有河流的母亲。许佩里翁掌管光，他身旁闪耀着的是忒伊亚。其他的提坦神之所以重要，主要是因为他们的后代声名显赫。希腊神话里的“黄金时代”是由提坦神统治的，但是他们被年轻一代的奥林匹斯山诸神推翻了。不过有一位叫忒弥斯的提坦神，在希腊神话里一直都很重要。她是正义女神，公正的化身。

阿佛洛狄特。阿佛洛狄特立于大海的泡沫之上，即便在孩童时代，她的美貌就已经让人们惊叹并顶礼膜拜了。

在宇宙间，并非每件小事都完美，但对克洛诺斯和他的兄弟姐妹们来说，无论哪一方面都比以前好太多，他们自由了。克洛诺斯得意扬扬地吹嘘着自己的胜利，他的母亲和父亲都用恐惧的目光看着他。二人都曾轻声警告过他：他将被自己的儿子推翻。

这个预言搅得克洛诺斯心神不宁，因为他比任何人都清楚孩子的破坏力会有多大。他睡不着觉了，夜里狂躁地睁着眼睛。孩童时代的克洛诺斯曾经无所畏惧，现在的他却满心恐惧。他无端怀疑自己的弟弟独眼巨人和百臂巨人，并毫无理由地将他们关到冥界最深处——黑暗的塔耳塔洛斯。现在他唯一能忍受的就是同为提坦神的众兄弟姐妹的陪伴。

接着，姐姐瑞亚吸引了他的注意。这位女神的魅力令人无法抗拒，于是克洛诺斯娶她为妻。瑞亚生出了赫赫有名的子女，女儿有赫斯提、得墨忒耳和赫拉，儿子有哈得斯和波塞冬。可是每次瑞亚生下孩子，克洛诺斯都会感到恐慌，并立刻将孩子吞进肚子。他是食人恶魔吗？不，不，他告诉自己，这只不过是自我保护。

在深深的恐惧中，克洛诺斯把自己的身体变成了囚禁孩子们的监狱——生出一个就吞掉，生出一个就吞掉，他先后吞下五个孩子。但第六次，他吞下的却是用襁褓包着的一块石头，由此注定了自己的灭亡。

跟此前的盖娅一样，瑞亚感到悲痛万分。并且跟盖娅一样，她最终也得出那个可怕的结论：必须终止这残暴的行径，别无选择。当她再次感到有婴儿在体内活动时，她立刻向自己的父母——盖娅和乌拉诺斯求助。他们护送她去了克里特岛，在那里，她秘密地生下儿子宙斯。

然后，瑞亚将刚刚出生的儿子交给母亲抚养，并用襁褓包起一块石头，匆匆回家了。克洛诺斯迅速夺过假婴儿，一口吞了下去。可恶的克洛诺斯完全被骗了，他对儿子宙斯的存活一无所知，注定难逃被推翻的命运。

众神之王宙斯

众神之王宙斯

年轻的宙斯跟在一只公山羊后面爬上岩石，沿着山脊走到克里特岛的最高峰。在那里，他停下脚步，向白浪翻滚的大海望去。海面辽阔，一直延伸到今天的非洲。宙斯转过身，看着抚养自己长大的祖母盖娅。

“你已经足够强壮了，”祖母说，“该你了。”

宙斯心跳加速。他满脑子想着那件事，整个人都被它占据着。他不需要再了解什么，也不需要更多鼓励。兄弟姐妹们一出生就被父亲克洛诺斯吃掉了，他之所以能逃过此劫，只是因为母亲瑞亚用石头代替了他，骗那个吓得失去理智的人吞了下去。这个男孩长得强壮、威武，又极其聪明。他现在快步赶去见自己的父亲，这将是父子俩第一次会面。他已经准备好了，全副武装。这将是决定胜败的时刻，但他一点都不慌，反而感到欢欣鼓舞。

在宙斯赶路的时候，盖娅找到克洛诺斯，像唱摇篮曲一样柔声地向他做出暗示。这个消息如同晴天霹雳，克洛诺斯一下子弓起身子。只有母亲的声音才能这样深深地传进孩子心里，那块石头和孩子们从他嘴里喷涌出来，落在刚刚赶到的宙斯脚边。

克洛诺斯五个年长一些的孩子——赫斯提、波塞冬、哈得斯、得墨忒耳与赫拉，都跟宙斯站在一起反对父亲。他们还有什么选择？跟随宙斯意味着自由，这对他们来说足够诱人。

古希腊的战争

一位古希腊战士

神话故事中的战争可能有史前时期真实战争的影子。据古希腊诗人赫西奥德的说法，提坦神和奥林匹斯山诸神之间的战争持续了十年之久。诗人荷马则讲述了发生在希腊和特洛伊之间的一场大战，也是历时十年才结束。诗人常常也是他们所处那个时代的历史学家，不过关于这些诗人同时代或更早的真实战争，我们已经找不到任何可靠的记载了。

但克洛诺斯也有兄弟姐妹，他叫来众提坦神为自己助阵。

双方开战了，并且打了很久，战争通常都会这样。整整十年，他们烧焦了大地，熏黑了天空，弄脏了江河湖海。战事像胆汁一样苦，消磨着每一个人的精神。最后，一切生命的起源——大地母亲盖娅对宙斯说，如果他能放出她另外那些孩子，他就能取胜。盖娅说的是宙斯那些身体畸形和长着一只眼睛的叔叔们，克洛诺斯当初将他们关进了冥界塔耳塔洛斯。

宙斯做事向来毫不迟疑。他立刻把长着五十个头、一百只手臂的三兄弟放了出来，又放了三个独眼巨人。独眼巨人大为惊喜，为了表示感谢，他们送给宙斯能喷火的闪电和震耳欲聋的霹雳，它们可以劈开天空，或在大地上燃起熊熊烈火。不仅如此，他们还送给波塞冬一把锋利、闪亮的三叉戟，可以重击海底，掀起巨浪；送给哈得斯一顶头盔，可以用来隐身。

百臂巨人和独眼巨人跟侄子、侄女并肩作战，一起对抗众提坦神。有了独眼巨人的馈赠，这些侄子们作战更加勇猛，肆意地施展着自己的本领。他们不再仅仅是投掷石头和长矛，或用利斧砍杀敌人。噢，不止于此。宙斯掷出闪电，点燃森林，又抛出熊熊烈焰，令海洋沸腾，冰雪融化。波塞冬震撼大地，使河流冲破堤岸。哈得斯戴上隐身头盔，在人群中横冲直撞，任意出击，敌人惨遭重创。

在宙斯眼中，这是一场两代神之间的较量。年轻一代取得了胜利，这是必然，事物的规律就是如此。打到最后，双方都以山顶为自己的根据地，提坦神在俄特律斯山，年轻一代在奥林匹斯山。所以在战争结束后，新一代的神就被称为奥林匹斯山诸神。

宙斯把众提坦神囚禁在塔耳塔洛斯，并命百臂巨人看守。盖娅十分不解，为什么要把他们关起来？宙斯何必要像他的父亲那样一心复仇？于是她生下最后一个孩子：怪物提丰。提丰肩膀上伸出一百个蛇头，吐

盖娅生下怪物提丰，希望他可以对抗霸道的兄弟宙斯。但宙斯却用手中的雷电打败了百头的提丰。

着黑色的芯子，发出你能想到的每一种声音：人类的，野兽的，还有轰隆隆的雷声。提丰的眼睛里闪着火光，谁见了都吓得往后退缩。只有宙斯不怕，他有无敌的闪电。宙斯烧掉提丰的头，把他化作狂风，去诅咒那些出没在海浪里的水手。宙斯是无可争辩的众神之王。

奥林匹斯山的几个兄弟对宇宙的统治权进行分配。波塞冬掌管海洋，哈得斯掌管冥界，其余一切都归宙斯管辖。分配并不均等，而且完全没有考虑奥林匹斯山众姐妹的利益。但这就是宙斯，他从小就认为自己享有特权，向来独断专行。

灶神赫斯提

灶神赫斯提

赫斯提最早的记忆是黑暗，还有闷热。后来，有什么东西滚落在她旁边，不停地扭动着。后来又来了一个，又来了两个。最后，还滚进来一块特别大的东西。她感到拥挤不堪，总是被戳到或碰到，还一直闷热得透不过气来。赫斯提不知道，自己被困在了父亲克洛诺斯的肚子里，不知道身边扭动着的是妹妹得墨忒耳和后来的赫拉，弟弟哈得斯和后来的波塞冬。她不知道，那块大东西原来是父亲上当受骗吞下的石头，克洛诺斯以为那是他的第六个孩子。赫斯提只觉得非常不舒服，还好像缺少点什么，这种匮乏感让她备受折磨。应该发生点什么事，应该有个人出现。不知为什么，她感到一切都不对劲，全身到处都疼。她心中隐隐升起一股恐惧。

接着，赫斯提感到一阵强烈的收缩，她在那个没有空气的地方大叫。没有声音，她十分痛苦，继续尖叫，直到嗓子都喊疼了。这时一股力量推着她往上，再往上，最后把她推了出来。她和弟弟妹妹们还有一块石头从父亲嘴里涌出，滚落在地上。突然暴露在白昼里，赫斯提不禁快速地眨着眼睛。空气中传播的噪声让她感到烦躁不安，她忍不住向后退缩。她浑身湿漉漉的，不停地颤抖着，看到旁边那四个扭动的身体和一块石头，感到无比震惊。

弟弟宙斯让他们获得了自由。赫斯提惊奇地看到，宙斯晒得黑黑的，身体非常强壮，并且对她觉得陌生的一切好像都已经习以为常了。宙斯

一枚古代硬币上的赫斯提神庙[1]

温柔的女神

赫斯提是一位充满神秘色彩的女神，只有在就家庭事务向女神祈祷时，人们才能见到她的身影。古希腊人似乎将家庭事务看作需要私下处理的事，与神话故事中动辄便吵作一团的情况截然不同。希腊最早的家庭法是公元前 450 年诞生于克里特岛的《格尔蒂法典》。这部法典与财务有关，没有涉及普通家庭中人们的行为规范。鉴于希腊神话中神王家族的情况，普通家庭中很可能也是以父亲为主的。但这也仅仅是我们的猜测而已。

救出了他们，结果却只是叫他们和他一起对阵父亲克洛诺斯及其他提坦神。眼前只见石头和长矛乱飞，利斧劈来砍去，耳中只听得哭喊、号叫声连成一片。他们获得了参战的自由，这就是自由吗，这个世界是不是疯了？

赫斯提退缩了。她双手抓起石头，有人看时就装出积极参加战斗的样子。不过幸运的是，几乎没有人注意到她。她爬到树上，透过茂密的叶子往外看，希望能瞥见母亲瑞亚的身影，看一眼那从未拥抱过自己的双臂和从未抚摸过自己的双手。她堆起一个大石堆，中间留出一个坑，自己躲在里面坐着，心想：这流汗、流血、流泪的战争究竟什么时候才

① 硬币上写着“VESTA”，这是赫斯提的罗马名字。

赫斯提为古希腊的日常家庭生活提供了最温柔的庇护，这让人们深感慰藉。同时，这份守护也给赫斯提自己带来了内心的安宁。

能结束？到那个时候她又是谁？因为到此刻为止，她确实谁都不是。

然后战争结束了，但并不是因为双方之间的敌意消失了。不，是因为她的弟弟宙斯得到一些怪人的帮助，那些人有五十个头、一百只手臂。还有一些额头正中长着一只眼睛的怪人，他们把闪电送给宙斯当武器。一方得到了另一方无法匹敌的武器，战争就是这样结束的。

赫斯提的弟弟们都很钦佩宙斯的力量。波塞冬很愿意统治海洋，哈得斯很愿意掌管冥界，两兄弟欣然把其余一切交给宙斯。

妹妹们则迷上了宙斯黝黑的皮肤和健壮的四肢，还有结实的胸、背。

只有赫斯提把宙斯看作可怕的疯子，跟他和其他所有男子都保持距离，像一只易受惊吓的小蜘蛛。

她四处寻找，看到多年来提坦神建立的众多家庭，还有他们的儿孙辈正在建立的家庭。赫斯提看到一种让她羡慕不已的爱：一家人围坐在炉火旁，吃东西、说话、互相打趣，还会互相拥抱和哈哈大笑。那就是她想在这个世界上发扬的东西。于是她成为家庭的守护神，并终于悄然驱散了心中的恐惧，找到一份令人备感舒缓的安宁。

海神波塞冬

海神波塞冬

波塞冬跟他的兄弟哈得斯和姐妹赫斯提、得墨忒耳及赫拉一样，一出生就被父亲克洛诺斯吞进肚子里了。然后，父母亲的第六个孩子宙斯救出了他们。宙斯没有被父亲吃掉，自然也就不知道屈辱的滋味。波塞冬对形势做出判断：宙斯是个不可忽视的人物，今后应该追随他。

整整十年，兄弟姐妹六人和他们的父亲、姑姑、叔叔——那些强壮有力的提坦神浴血奋战。战争相当惨烈，但哪有不惨烈的战争？波塞冬咬紧牙关，尽全力做好自己的本分，毕竟他也不是懦夫。他披挂上阵，英勇战斗，从不落后。

不过有时候战斗也会暂停，也许是宙斯因为别的事分心，也许是那些身形巨大的提坦神终究需要休息一下。谁知道呢？从来没有人向波塞冬解释过什么。不管是出于什么原因，总之波塞冬是心怀感激的。在短暂的休战期间，他会去蓬托斯那里寻求庇护。蓬托斯是主管所有水域的古老神祇，是大地女神和天空之神——也就是波塞冬的祖母盖娅和祖父乌拉诺斯的伴侣。他在蓬托斯管辖的水域里畅游，尽管生活一直很糟糕，在父亲的肚子里关了那么久，残酷的战争又持续了这么多年，但他依旧很快乐。看到鲸鱼潜入水中又跃出水面，他感到十分欢欣；在鳗鱼身后起伏荡漾的波纹中，他发现了优美的律动；而螃蟹那匆匆爬行的脚步则让他忍俊不禁。

最令人欣慰的是，波塞冬还跟蓬托斯和盖娅的长子成了朋友。他叫涅柔斯，跟波塞冬一样迷恋大海。他们一起冲到海底，在珊瑚和海绵间嬉戏；或骑在海龟背上玩耍；或跟在鳐鱼后面，学着它们的样子挥动双臂，然后双臂下垂，两腿随着水流任意摆动，像近乎透明的水母。

在短暂的休息之后，双方继续战斗。后来盖娅的儿子百臂巨人站到了宙斯一边，独眼巨人又送给宙斯雷电，分别送给哈得斯和波塞冬隐身头盔和三叉戟。三叉戟很好用，威力十足。波塞冬用它来击打地面，使整个大地都震颤起来，巨石滚落大海，河流冲出堤岸。哈！奥林匹斯山诸神赢了，那真是辉煌的一刻。

于是宙斯命波塞冬统治海洋。波塞冬知道，他弟弟看不上海洋的统治权。哈！这一次又如此幸运，没有什么比做海洋之王更让他称心如意

罗马特莱维喷泉中的海神特里同

水神

除蓬托斯、涅柔斯和波塞冬之外，还有很多位神统治过各水域。水流的各种声音就是波塞冬的儿子特里同用海螺壳吹出的。而特里同的儿子普洛透斯则可以随意变形——在古希腊人看来，大海似乎就是这样。提坦神俄刻阿诺斯是连续不断的水环：地球上的五大洋连成的整体。还有咸水仙女涅瑞伊得斯、淡水仙女那伊阿得斯，以及三位后来成为海神的凡人。如此繁多的水神可能反映了古希腊人对水系复杂性的认识。

的了。

波塞冬在各海域巡游，寻找需要帮助的人们，他浓密的黑发在身后漂动。这让他在那场旷日持久的战争后得到极大的舒缓。不巡逻的时候，他就醉心于探索大海中的奥秘。

他发现了最美好的神秘之物。她是蓬托斯和盖娅的孙女，高傲的海神福耳库斯和美丽的女海神刻托的女儿。在波塞冬看来，这样的家世使得她成为他妻子的完美人选。她们姐妹三人叫戈耳工，另外两个是不会死的，跟众神一样。但美杜莎——这是她的名字，却会死。

美杜莎会死，这让波塞冬觉得她更迷人了。她很脆弱，知道一个人脆弱是多么奇妙的一件事！波塞冬伸开双臂，让美杜莎的蛇发在他手臂旁漂动。很好！那些蛇会咬人，并且有毒，这对她是很好的保护。波塞冬轻轻地触摸着从她肩胛骨处生出的翅膀。很好，很好！有了那对翅膀，她就可以从攻击者那里逃开了。他的手滑过她身上的鳞片。啊，真是太好了！这些鳞片比盔甲还要坚硬。最让人放心的是，她有一种特殊的能力：凡人或动物一旦和她对视，立刻就会变成石头。这应该可以保护她。

于是波塞冬几乎可以放心地爱美杜莎了。他们在他的海洋王国里一起狂欢，至少过了一段这样美好的日子。

凡人一旦看到美杜莎那张丑陋的面孔，就会变成石头。然而波塞冬却很喜欢她，并且狂热地爱上了她。

智慧女神雅典娜

智慧女神雅典娜

在克洛诺斯统治时期，众提坦神过得很舒适。他们有些生活在陆上，有些生活在海里。其中，俄刻阿诺斯一心想扩展自己的水域，经常流连于海洋最深处。他的姐姐泰西斯在他一旁游泳。泰西斯身体柔软，姿态优美，有着一头白色的长发。不是年迈之人的灰白色，也不是发光的银白色，而是真正的白色，纯净如母亲的乳汁。就是那头白色的长发俘获了俄刻阿诺斯的心，于是俄刻阿诺斯娶泰西斯为妻。

他们生育了很多儿子，都是大江大河。从埃及的尼罗河到特洛伊城前著名的斯卡曼德尔河，还有那些注入友善的黑海中的众多河流，都是他们的孩子。水流时而打旋，时而腾起波浪，时而奔涌至悬崖峭壁，然后倾泻而下，水花四溅，声响震天，最后落在下面的岩石上。

俄刻阿诺斯和泰西斯又生了很多女儿，都是水中仙女。有些住在山麓丘陵的水塘里，有些在泉水中打闹嬉戏，有些则穿行在沼泽地。每位仙女都与众不同：有的脸色红润，有的动作敏捷，有的眼神温柔，有的知情会意，全部都很迷人。

当克洛诺斯的小儿子宙斯废黜父亲，并代之登上宇宙之王的宝座时，他注意到这些仙女中的一位，并深深地迷上了她。墨提斯被认为是最有智慧的，在宙斯眼里，她仿佛一股清凉的水，让人备感舒缓。看着她，就像在一泓汩汩的清泉中游泳一样。宙斯热烈地爱上了墨提斯。由于他

民主的发源地

雅典娜把橄榄树赠给一座特别的城市，这座城市由此而得名“雅典”。在有关雅典娜的神话中，这位女神是从宙斯的额头上生出来的。希腊人当然知道，男人不能生孩子。不过也许他们希望男人可以生，因为无论乌拉诺斯、克洛诺斯还是宙斯，都试图以自己的方式把生育的权力从女人那里抢过来。

希腊雅典古建筑遗迹前的橄榄树

是宇宙之王，觉得自己想要什么就理应得到什么，便直接娶墨提斯为妻。很快，墨提斯怀上了宙斯的孩子。

就在这时，宙斯的祖母盖娅和祖父乌拉诺斯向他传达了那个不祥的警告。其实他自己也几乎预感到了：墨提斯将先后为他生下一个女儿和一个儿子，那个儿子将战无不胜。那个出类拔萃、可恶又可恨的孩子，将打败自己的父亲。这个诅咒似乎没有终结：乌拉诺斯被自己的儿子克洛诺斯打败，克洛诺斯被自己的儿子宙斯推翻，而现在，宙斯又要败给墨提斯注定要为他生下的儿子。

宙斯决不允许这样的事情发生。他的祖父乌拉诺斯曾经把孩子们囚禁在他们母亲的体内，试图以此阻止他们推翻自己，结果失败了。他的父亲克洛诺斯为了保住权力，把孩子们吞进自己肚子里，也没有成功。宙斯比他们都要聪明，他张开嘴巴，把墨提斯喝了下去，就像喝掉一杯

孩子在母亲身体里，母亲在父亲身体里——这就是雅典娜的处境，受着双重的围困。但她突破重围，一跃而出。作为智慧女神，她不受任何人的禁锢。

最爽口的汽水。只要墨提斯被困在他身体里，他就不可能和她生出儿子，那个预言就不会应验。

接下来，宙斯继续娶别的女人为妻，名字有一长串。墨提斯虽然被宙斯吞下，但她肚子里的孩子仍然在不断长大。孩子通过母亲和父亲的身体感知这个世界，她的父母能感觉到的一切，她都能感觉到，因此她比父母都要聪明。

一段时间后，宙斯感到恶心想吐，肚子好像要胀破似的。接着，那股压力转移到眼睛后面，几乎让他双目失明。他的太阳穴阵阵作疼，头发竖立起来，女神雅典娜从他额头处一跃而出，完整、健壮、全副武装。

这个灰眼睛的姑娘环顾四周，看上去极为聪慧、警觉。她立于奥林匹斯山诸神中间，用那双灰色的眼睛留意着，随时准备为好战者出谋划策，跟勇士们商讨作战策略，或将士兵引入战场。

冥王哈得斯

冥王哈得斯

对于被困在父亲肚子里的小哈得斯来说，有一个场景在他脑海中挥之不去，那就是被身形巨大的父亲吞下时，他那张开的血盆大口。在克洛诺斯的肚子里，哈得斯不时举起拳头击打他的肝脏。“记住我们，”他一边打一边在心里默念，“记住你的恶行。”

当年轻的男女众神终于被父亲吐出来时，哈得斯立刻站起身，对着突如其来的白昼挥起拳头。因为他早已习惯了黑暗，并且这毫无预兆的变化也让他怒不可遏。

所以对哈得斯来说，和兄弟姐妹们一起咆哮着冲上战场是一件顺理成章的事，就像烧伤时涂黄油一样，让人感到舒服、自然，理所应当。他发疯似的与父亲和其他提坦神展开激烈的厮杀。后来，当独眼巨人参战并送给三兄弟礼物时，哈得斯毫不犹豫地接受了。他拿起那顶有魔法的头盔，一下子戴到头上，然后飞到半空，对准克洛诺斯的后颈，像隼一样猛冲下来。隐身后的哈得斯又劈又砍，打得克洛诺斯皮开肉绽。这情形仿佛跟被困在那个可恨的人身体里时一样，不同的是现在他出手重多了。实际上是哈得斯打败了父亲。他制服了克洛诺斯，让他不得不接受正义的审判。

宙斯要分配权力范围时，哈得斯又一次毫不迟疑地站出来，说冥界归他管。那里一片黑暗，尽管战争持续了很多年，但哈得斯从来没有学会喜欢白昼。冥界同时也是审判之地，执掌大权的神把那些因做坏事而失宠的神发配到那里，交由哈得斯处治。他可不会心慈手软。

哈得斯坐在一块青铜砧子上，从地表往下降落，九天九夜后才来到冥界。其实他仅凭意念就可以瞬间到达那里，但他很乐意亲身体验这遥远的距离。在那个世界，将不会有人再烦扰他，他是绝对的统治者。

冥界很大，如果哈得斯愿意，他可以继续降落一年，才会到达那里的最底部。但他没有那么做，知道冥界很广阔就够了。哈得斯看望了黑夜女神。她是一位早期的神祇，挂在冥府的墙上，使得那里更加幽暗，很合哈得斯的心意。他又越过冥河斯堤克斯。这条冰冷的憎恨之河是提坦神俄刻阿诺斯的长女，由于在对提坦神的战争中支持宙斯，她得到一座位于塔耳塔洛斯的壮观宫殿。哈得斯又从阿特拉斯身旁走过。阿特拉斯是伊阿佩托斯的傻儿子，伊阿佩托斯与提坦神有一半的血缘关系[①]。在

耶罗尼米斯·博斯画作《地狱》局部

关于死后的想象

古希腊人认为凡人死后在哈得斯阴暗的宫殿里游荡。只有少数罪恶深重的人会受到折磨，而得到奖赏的英雄就更少了。与此不同，很多其他的古代文化对人死后生活的想象都是奖惩分明，以此来鼓励人们活着时要品行端正。

① 一般认为，伊阿佩托斯为十二提坦神之一。

大战中，阿特拉斯站在了提坦神那边，所以宙斯就让他用脖颈和肩膀负担起整个天空的重量，永远不得放下。哈得斯又经过赫斯珀里得斯，她们是黑夜女神的女儿，正在看守一棵金苹果树。

这真是一个适合哈得斯的好地方，而且从今以后他永远都能监视着父亲克洛诺斯，叫他再无自由之日了。

阴郁、冰冷的冥河斯堤克斯从肩膀隐隐作痛的阿特拉斯身边流过，美丽的赫斯珀里得斯看守着金苹果树，摆渡人卡戎正在等待新死之人。

哈得斯满意地叹了口气，走进他的石头宫殿。外面是阴森寒冷的原野，一阵令人毛骨悚然的风吹来，吹弯了颜色暗淡的阿福花的茎。这样孤身一人，让他感到很不自在。他需要解决这个问题，刻不容缓。

丰收女神得墨忒耳

丰收女神得墨忒耳

奥林匹斯山众神之王宙斯娶了仙女墨提斯为妻，但为了避免墨提斯生出儿子推翻自己，他最后将她吞进了肚子里。他们生了雅典娜，一位奥林匹斯山女神。之后宙斯娶了提坦神忒弥斯，生育了众多子女，他们关注公正、和平以及统治秩序的维持。接着他又娶了另一位仙女，叫欧律诺墨，是他第一位妻子的姐妹。欧律诺墨为宙斯生下三个有着苹果般圆润脸庞的女儿，叫美惠三女神。

然后宙斯又娶了第四位妻子。啊，是的，第四位。她是宙斯的姐姐，女神得墨忒耳。宙斯的妻子中没有一位是华而不实之人，但也没有一位能像得墨忒耳那样踏实可靠。她的头发呈浓郁的金黄色，像成熟的小麦。她的肩膀散发着香气，可以让婴儿惬意地趴在上面安睡。她只需要露出微笑，果树就会开花，甜甜的果实就会挂满枝头，把树枝压弯，几乎垂到地面。她只需要慈爱地看一眼，蔬菜就从肥沃的土壤里发出芽来，铺展开密密的、绿油油的叶子，准备滋养这个世界。她是大丰收女神，整个世界都仰仗她的慷慨。她让宙斯感受到了关爱和安全，就像他的祖母盖娅曾经给他的感觉一样。或许盖娅也觉察到了，或许她心里涌起了那么一小股妒意。

得墨忒耳只为宙斯生下一个女儿：珀尔塞福涅。这个女孩有着雪白、纤细的手臂，浑身散发着夜香木的芬芳。光在她的脸庞上嬉戏，各种鲜艳的颜色交相辉映，让她看上去像一片鲜花盛开的草地。珀尔塞福涅的

季节的更替

地球与初升的太阳

地球自转时是倾斜的，被太阳光直射的部分热，反之则冷。在地球绕着太阳公转的过程中，被太阳光直射的部分不断变化，于是有了四季。赤道位于地球正中间，与太阳光线的角度比较稳定，所以那里的气候几乎常年不变。古希腊人看到季节的变化，并尝试用神话来解释其中的奥秘。除季节变化外，还有很多别的自然现象也让人困惑不解。正是因为要解释这些自然现象，很多古代文化里才出现了神话。

脚踝纤细，既敏捷又美丽。得墨忒耳对这个女儿十分宠爱——怎么可能不爱？

珀尔塞福涅经常和俄刻阿诺斯的女儿们一起玩耍。她和那些仙女兴趣相投，都是活泼爱笑、身姿柔美的佳人。有一天，她们正在柔软的草丛中蹦蹦跳跳，身上戴满了水仙、番红花、紫罗兰、鸢尾花和风信子，奥林匹斯山的神祇哈得斯从下面的冥界看到了珀尔塞福涅的脚踝。优雅迷人的脚踝，让人想到清晨林间闪着露珠的蛛网。

哈得斯对珀尔塞福涅一见倾心，但那是弟弟宙斯的女儿。他去找宙斯说这件事，但这位神王对做父亲的职责几乎一无所知。他的父亲克洛诺斯曾吞掉自己的孩子，他又能是什么好父亲？宙斯把养育子女的任务都留给了妻子们。哈得斯来找他，他便向大地女神盖娅求助。以盖娅

珀尔塞福涅离开冥界，欣喜地享受着阳光的亲吻。接下来的八个月，她将待在得墨忒耳身边。积雪消融，种子发芽，这个女孩内心的悲苦得到暂时的缓解。

的睿智，她本不该一时听信宙斯的话，失了主意。但或许是那一小股妒意再次涌起，或许一听到得墨忒耳的名字她的眼睛就有点刺痛，盖娅从她身体正中生出一株绚丽无比的植物，上面开着一百朵芳香四溢的鲜花，香气一直飘到遥远的海面上。

珀尔塞福涅在劫难逃。她伸手去摘那珍奇的花，啊！地面裂开，哈得斯一把抓住她。珀尔塞福涅被劫走，不见了踪影。

得墨忒耳像一只鸟，疯了一样地飞过陆地和海洋，到处寻找自己的女儿。她不吃不喝，整夜整夜地睡不着觉。很快，她的脸颊凹陷下去，身体也消瘦了很多。接着植物枯萎，干瘪的果实掉落在尘土里，每一种动物都饿瘪了肚子。而宙斯却只是袖手旁观。

但赫卡忒——两位提坦神的曾孙女，同情得墨忒耳的遭遇，把真相告诉了她。得墨忒耳缩作一团，愤怒地咬着自己的拳头，懊恼不已。不过直到饥荒一触即发时，宙斯才终于派赫尔墨斯，一个生有翅膀的儿子，去接回那个女孩。

于是珀尔塞福涅被送回到得墨忒耳身边。但此前哈得斯曾把一颗石榴籽放在她嘴里，这个楚楚动人的姑娘咽了下去。唉！由于在冥界那短

暂而痛苦的停留期间吃了东西，尽管只吃了这么一点点，她也必须每年在那里待上三分之一的时间，做冥王的妻子。其余三分之二的时间，她和母亲得墨忒耳在一起。

因此，在春、夏、秋三季，各种农作物纷纷发芽、开花、结果。此时，得墨忒耳和珀尔塞福涅手拉着手，漫步在田间地头。而整个冬天，当珀尔塞福涅回到冥界，留下得墨忒耳一个人独自悲伤时，到处都是光秃秃的一片，也没有粮食或果子可以收获。

音乐之神阿波罗

音乐之神阿波罗

勒托是提坦神的女儿，身着黑色长袍。这并不是因为她不喜欢颜色，相反，她对色彩情有独钟。她最爱在骤雨过后出来散步，那时伊里斯和赫利俄斯总会让天空变得绚丽无比。伊里斯是蓬托斯和一位提坦神的孙女，而赫利俄斯，即太阳本身，父母双方都是提坦神。他们把一弯彩虹挂上天空，使绝望的人生出希望，胆怯的人鼓起勇气，果敢的人随时准备发起进攻。但勒托自己没有过高的期望，也无意让别人增加勇气，更不想成为谁进攻的目标。鲜艳的颜色令人振奋，但也会让人不安。相比之下，黑色更友好，更能让人感到平静。

所以宙斯注意到勒托，并不是她的错。人人都知道，宙斯的眼睛不受任何约束。他是一个自以为是、目中无人、爱发号施令的家伙。然而不知为何，勒托却很体谅他。统治宇宙肯定不是一件容易的事，她抚摸着宙斯的脸颊，指尖忍不住颤抖起来，并且在心里暗暗为他哭泣。还有，他长得那么美。于是勒托接受了宙斯的求爱，成为他的妻子。

勒托发现自己怀孕了，想找一个合适的地方去分娩。她本以为哪里都会欢迎自己，她肚子里怀的可是宙斯的孩子，但实际上却处处碰壁。有传言说，那个孩子将来会跟宙斯一样可怕。什么？温柔的勒托会生出一个让别人吓得发抖的儿子？这怎么可能？肯定有一个地方知道这是一个好孩子。她走了一圈又一圈，直到双脚像树桩一样，再也挪不动了。

然后阵痛开始了，先是在腹部，但很快就转移到了背部。勒托疼得死去活来。女神赫拉，宙斯的姐姐，抱起她，把她带到奥林匹斯山上。赫拉温柔地在她耳边轻声低语，把她的秀发从脸上拨开，在她脸颊和额头处放上冷敷布止痛。勒托知道赫拉为什么要这样做，她是出于嫉妒。宙斯在娶勒托之后不久就娶了赫拉，但是赫拉还没有怀孕。不过赫拉为什么帮她并不重要，在这紧要的关头，勒托只是紧紧地抓着她不放。

分娩的疼痛整整折磨了勒托九天九夜。然后她明白了：水！她需要漂浮在水里。于是她滚下山，落到海里，随海浪漂流到奥提伽小岛。在那里，一个女儿，阿耳忒弥斯，从她身体里滑落出来，就像小溪流下山峦那么容易。太好了！她们开始往回走，越过海洋，回到奥林匹斯山，勒托要把阿耳忒弥斯抱给她的父亲看。可是疼痛马上又开始了，她们差

翩翩起舞的缪斯女神

阿波罗掌管多个领域，包括音乐、诗歌及其他人文学科。他常与九位优雅的缪斯女神为伴，她们是宙斯和提坦神谟涅摩叙涅的女儿。在缪斯女神中，卡利俄佩、厄拉托和欧忒耳佩分别为史诗、爱情诗和自然诗的作者们提供灵感。塔利亚赋予喜剧作家更多的幽默感，墨尔波墨涅给悲剧作家深刻的洞察力。乌拉尼亚帮助人们认识恒星和行星，克利俄引导人们更好地理解过去。忒耳普霍瑞为众姐妹领舞，波吕姆尼亚为大家领唱。

画家巴尔达萨雷·佩鲁齐笔下翩翩起舞的缪斯女神

勒托在一座岛上生下很快长大的阿耳忒弥斯，然后在另一座岛上生下她的双胞胎弟弟阿波罗。那座岛本来岩石密布、寸草不生，但在这位神祇诞生后立刻变得草木茂盛、郁郁葱葱。

点没赶到遍地岩石的提洛岛。勒托把女儿绑在胸前，吃力地爬上辛西亚山。她双腿还跪在地上，突然一阵剧痛袭来，她赶紧抱住一棵孤零零的棕榈树。随之，另一个孩子降生了，一跃来到光明中。

阿波罗！他的哭声都那么动听。他生得健壮、漂亮，没有一点瑕疵。

“完美无瑕！”大家齐声说道，跟勒托的想法一模一样。女神们都来了，从隐居清幽之地的仙女到显赫的大地之母盖娅，全都来了。宙斯跟许多位妻子生过很多孩子，但这是第一个儿子，实在值得庆祝。她们把这个男孩洗干净，用白布裹起来，并给他系上一条金带子。

到处都是岩石的提洛岛突然间鲜花盛开，五彩缤纷，简直可以与彩虹相媲美。

几乎是一夜之间，阿波罗完全长成了父亲期望的样子。他宣称自己将始终如一地忠于宙斯，并且随身携带弓箭，保证父亲的旨意得以顺利执行。没有人敢反对这位百发百中的射手。不过阿波罗身上仍然有母亲的影子，在平静的时候，他会弹起同父异母的弟弟赫尔墨斯送给他的里拉琴。他还经常把缪斯女神叫来助兴，缪斯女神是宙斯和提坦神谟涅摩叙涅所生的九个女儿。她们如竖琴般的歌声回荡在倾听者的心里，轻盈、敏捷的舞步让地球表面也有节奏地颤动起来。阿波罗将缪斯女神看作他的陪衬。他还常常乘坐太阳神赫利俄斯（他是色彩之源）的马车，驶过广袤的天空。阿波罗自认为与太阳一样明亮，由于他出生在一星期的第七天，此后那一天就成为“太阳日”，也就是我们所说的“星期天”。

勒托非常宠爱阿波罗。他累了的时候，勒托就为他卸下弓弦，合上箭袋，把这些东西挂在宙斯宫殿里的一个金钩上。她叫阿波罗坐下，轻轻地拍着他的肩膀，而宙斯则用金杯给他端来花蜜。难怪阿波罗会成为所有神祇中最高傲自大的那一位。

狩猎女神阿耳忒弥斯

狩猎女神阿耳忒弥斯

阿波罗的出生引起的轰动并没有让阿耳忒弥斯感到烦恼。反正她是双胞胎中先出生的那一个，而且爱也不是一个水果馅饼，大家分完就没了。阿耳忒弥斯的父母，勒托和宙斯，都很宠爱她。至于别的神，他们赞扬谁不赞扬谁，阿耳忒弥斯真的一点都不在乎。她不需要别人的恭维。

阿波罗几乎是一夜之间就长大了，而阿耳忒弥斯却有一个美好的童年。小阿耳忒弥斯坐在宙斯腿上，要父亲给她一套弓箭。不是阿波罗身上背的那种，又大，又显眼，看着还很吓人。她想要的是一把小巧精致的弯弓和细细的银箭。不过，阿耳忒弥斯可不想让任何人以为她是个乖巧的小女孩。父亲把这些礼物送给她时，她没有乖巧地送上一个亲吻，而是使劲拽了一下他的胡须。而伟大的锻造之神把她拉过去抱在腿上时，她更是拔掉他胸部的毛发，让那位可怜的神看上去有点像得了疥癣的狗。

谁也无法预知，阿耳忒弥斯接下来会做出什么样的事。

阿波罗身着白衣，巴不得大家把他和太阳神赫利俄斯搞混，而阿耳忒弥斯则穿着时髦的高筒靴和色彩斑斓的短上衣，引得男人们投来爱慕的眼神。他们说，她像月神塞勒涅一样漂亮。尽管阿耳忒弥斯无意吸引他们的目光，但有人关注还是让她感到几分得意。

阿波罗身边围绕着九位缪斯女神，阿耳忒弥斯则有无数位海中仙女和林间仙女相伴。此外，她身边还有很多动作敏捷的猎狗。它们有些毛色发白，飞奔起来几乎看不见身影；有些耳朵耷拉着，跑起来像羽毛一样飘动；还有一只，浑身满是棕色和粉色的斑点，看上去好像鹌鹑蛋一样。他们一起追捕兔子、豪猪、羚羊、猞猁和雄鹿。是的，这位年轻的女神从来都不孤单。

阿耳忒弥斯从未结婚，但她身边几乎从来不缺同伴。这位著名的射手在追逐猎物时，总是有猎狗、海中仙女和林间仙女追随左右。

阿耳忒弥斯与阿波罗不同，她从来不去寻求人们的赞扬。实际上，她更希望与人们保持距离。她和随从的仙女手拉手，围成一个大圆圈跳舞。每到那时，连山峦都跟着高兴地颤动起来。

只有当分娩的妇女疼痛难忍时，阿耳忒弥斯才会现身城市，因为她可以帮助妇女顺利生产。这很自然，她想，毕竟，自己不就是如人所愿，从母亲身体里轻松地流出来的吗？阿耳忒弥斯穿上金铠甲，登上由健壮的雄鹿拉的金色马车——那些雄鹿鹿角高耸，头上全都戴着金笼头，每一只都是她徒手抓到的——去帮那些妇女减轻痛苦。说来，这的确是一件值得赞扬的事。

但并不是所有妇女都明白，她们之所以能顺利生产，是因为有阿耳忒弥斯的庇护。有一个叫尼俄柏的女人就是这样不知感恩。她的父亲坦塔罗斯是一位神，她的丈夫是宙斯的儿子安菲翁，夫妻俩生有六个勇敢强壮的儿子和六个美丽优雅的女儿。尼俄柏有些得意忘形，声称忒拜人民应该向她，而不是向勒托——阿波罗和阿耳忒弥斯的母亲献祭。尼俄柏觉得这很合理，因为她有十二个孩子，而勒托只有两个。她严重低估了跟勒托作对的危险。

勒托立刻就去找自己的孩子抱怨，那两位可都是著名的射手。于是在尼俄柏的儿子们在西塞隆山打猎时，阿波罗找到了他们，并将他们全部射死。阿耳忒弥斯可不会这么轻易地饶过这个女人。只有最残酷的惩

女战士

在希腊神话中，亚马孙女战士是一群技艺高超的射手。跟阿耳忒弥斯一样，她们是不结婚的。但与狩猎女神不同，她们是骑在马背上的战士。很多学者认为，亚马孙女战士并没有真实存在过。而希腊历史学家希罗多德却称那些传说有史可依：那就是生活在公元前五到四世纪的萨尔马提亚人的祖先，女人和男人一起驰骋疆场，并肩作战。还有学者认为，那些故事来源于乌克兰和俄罗斯南部的一些部落，或米诺斯时代的克里特岛，所有这些文化中都曾经出现过女战士的身影。

一位骑马的亚马孙女战士

罚才能昭告天下，神明的权威是不容许挑战的。阿耳忒弥斯想让这位母亲亲眼看着自己的女儿一个个中箭身亡。她闯进尼俄柏家中，把箭射进姑娘们的胸膛。

尼俄柏仿佛一块石头，一下子倒在地上。但阿耳忒弥斯还是不满意。这位惨遭丧女之痛的母亲并不能像石头一样没有感觉。不，不，利箭刺穿孩子们的场景一遍又一遍地在她脑海中浮现。尼俄柏仿佛一眼不会枯竭的喷泉，她的眼泪永远都流不完。好吧，这才算是给她一个教训。

阿波罗手眼通天，无所不能，而阿耳忒弥斯本身就是一股不容小觑的力量。女人们知道这一点。对阿耳忒弥斯来说，这就足够了。

婚姻女神赫拉

婚姻女神赫拉

赫拉是克洛诺斯和瑞亚的女儿，所以她的童年并不顺利——经历了被父亲吞掉等不幸的遭遇。但她没怎么把那些事放在心上，也没太在意奥林匹斯山诸神和提坦神之间的那场战争，尽管她和兄弟姐妹们从父亲肚子里一出来，漫长的战争就开始了。不，那些都不重要。对赫拉来说，生活真正的开始是她穿上金凉鞋的那一刻。她昂首从那个弟弟——宙斯面前走过。啊，美妙的时刻！他用那独特的眼神看着她。她感到自己被唤醒了，拥有了新的能量。他真是一个漂亮的家伙。不过，唉，谁知也是一个让人头疼的家伙。

如果能成为他的第一位妻子，那对她来说将是无上的荣耀。可是，接下来，宙斯竟然把他的第一位妻子——那个注定倒霉的仙女墨提斯，喝进了肚子里。人们还称她有智慧。哈！所以不，不不，还好没做他的第一个妻子。

但接着他又娶了一位提坦神妻子——身体比他还庞大，想想吧！然后又娶了另一个仙女，然后竟然是她的亲姐姐得墨忒耳，接着还有提坦神的女儿勒托。赫拉被他折磨得心烦意乱，坐卧不安。最令人难堪的是，那个长着漂亮大眼睛的勒托竟然为他生了一个儿子！为他生下第一个儿子的应该是赫拉！全乱套了。

但赫拉应对得很聪明，谁也猜不到她心中积压着怒火。她脸上挂着少女纯真的笑容，身姿挺拔自信，好像全世界都在向她投来赞赏的目光。

所有人都被骗过了，坚信她一定就是那样美丽而自信。宙斯更是深信不疑，称赫拉是他见过的最珍奇的花。赫拉把脸颊掐得绯红，仿佛端庄女子脸上娇羞的红晕。看宙斯的时候她也不抬眼，只是从长长的睫毛下瞟向他。宙斯需要她，但她不仅要成为他的妻子，还要成为他的王后，否则决不应允。赫拉王后，神王宙斯唯一真正的妻子。

宙斯终于属于她了。

被嫉妒折磨的赫拉一心复仇，但她很懂得如何扮演娇羞美丽的新娘。自私的宙斯只要喜欢哪个佳人，就一定要得到她。他立赫拉为后，两位各取所需，各得其所。

但他都做了些什么？宙斯迅速离开赫拉，转向迈亚的怀抱。迈亚是阿特拉斯的女儿，提坦神的孙女，阿特拉斯就是那个把天空扛在肩上的傻子。赫拉不难预见：一个又一个女人将向宙斯卖弄风情。实在令人作呕。她当即发誓，一定要狠狠地报复，决不放过任何一个情敌，永远不会。实际上，连帮宙斯跟其他女人相见的人她也不会轻饶。她将严厉惩罚那些人，让他们不敢再轻易乱来。就是这样，宙斯，没得商量。

然后，最糟糕的事情发生了。

自从宙斯把第一个妻子墨提斯喝下肚之后，就没有人再想起她了。可是现在，过了这么久，宙斯突然觉得肚子疼得直不起腰。接下来赫拉只知道，这……这东西……从他额头上蹦了出来。是一位全副盔甲的女神。宙斯一个人生出了女儿雅典娜。

噢，事情的真相并不是这样，没有人会相信的。男人没有这种本领，女人才能生孩子。赫拉的祖父曾极力阻挠她的祖母生下孩子，把孩子们囚禁在他们的母亲体内。她的父亲也曾经试图剥夺她母亲的生育权利，把刚出生的孩子吞进肚子。而现在，她的丈夫，同时也是她的弟弟，也就是那种恶行的继承者，竟然称自己凭一己之力就能生育。他们一直都在不遗余力地剥夺女人最重要的能力。荒唐！雅典娜是墨提斯在宙斯体内生下的，不是宙斯一个人的孩子，绝不是！

宙斯的其他行径诚然可恨，但这件事却更甚，是可忍孰不可忍！怒不可遏的赫拉缩作一团，把所有力量都集中在身体内的一个小点上。她的祖母盖娅曾经这样做过。需要，完全是需要的问题。赫拉的需要如此强烈，几乎要将自己熔化掉。接下来，是的！她成功了！生命开始在她体内孕育——这次真的是全靠她自己。女人可以自己做成这件事。赫拉将生下赫菲斯托斯，她的第一个孩子，也是完完全全属于她的孩子。不管宙斯做什么，他都不可能把这个孩子夺走。

孔雀开屏

赫拉的报复

宙斯的风流韵事一直让赫拉很愤怒。有一次，宙斯爱上了女祭司伊娥。为了保护伊娥不受赫拉的伤害，宙斯把她变成一头白色的母牛。可是赫拉却让宙斯把母牛当作礼物送给她。赫拉派巨人阿耳戈斯看守伊娥。阿耳戈斯有一百只眼睛，他睡觉时有些眼睛闭上，其余的则睁着，继续监视伊娥。宙斯派赫尔墨斯杀掉阿耳戈斯，救出伊娥。悲伤的赫拉将阿耳戈斯的眼睛镶在了孔雀的尾巴上。她又派一只牛虻去折磨伊娥，把她从宙斯身边赶走。

火神赫菲斯托斯

火神赫菲斯托斯

众神之后赫拉对宙斯很生气，而且不止一次了。宙斯是一个不忠的丈夫，对妻子也缺少关爱。赫拉几乎都要忍下了，就在这时，他却从额头上生出一个女儿。这个自命不凡的傻瓜！赫拉决定给他点颜色看看。她也凭一己之力创造出了生命。在孩子只有一点点，还在她肚子里的时候，她就知道那是一个男孩。哈！他将与宙斯的儿子阿波罗相媲美。哈哈！

然后赫菲斯托斯出生了。啊！赫拉的脸一下子阴沉下来。啊，看他的脚！那么小，扭曲着，还皱巴巴的。她缩回手，往后退了几步。这实在令人难以接受。她的第一个孩子，而且是她一个人的，竟然是个虚弱、没用的东西。这个东西让她觉得丢人，颜面扫地。赫拉尖叫一声，抓起赫菲斯托斯的脚后跟，把这个可怜的孩子远远地扔了出去。孩子落到无边的、波涛汹涌的大海里，再也没有了踪影。

但事与愿违，他并没有真的被大海吞没。美丽的银脚海仙忒提斯伸出双手，接住了婴儿。忒提斯的父亲是蓬托斯的儿子涅柔斯，母亲是俄刻阿诺斯的女儿多里斯。忒提斯出生在水的世界，对那里的生活非常熟悉。她吹出一个气泡，把赫菲斯托斯放在里面，带他来到一处海底的洞穴。在忒提斯的关爱下，赫菲斯托斯慢慢变得强壮起来。

海洋里的生物纷纷嘲笑他那滑稽怪异的脚。他长大后，拄着拐杖一瘸一拐地走在陆地上时，又遭到陆上生物的指指点点和讥笑，因为这些

正在制作武器的赫菲斯托斯

发明之父

由于赫菲斯托斯有一只脚是皱缩的，他遭到赫拉的鄙视和众人的嘲笑。在古代文化中，对非正常情况怀有敌意是很常见的。比如早期的希伯来人认为，遭受病痛折磨证明你做了错事。即便在今天，有些文化仍然持这种观点。不过，古希腊人还是在赫菲斯托斯身上看到一颗健康的心灵。他被称作发明之父。

生物要么两条腿，要么四条或六条腿，或者更多，但肯定是双数，哪里听说过三条腿的？

赫菲斯托斯可不容别人小觑。他头脑聪明，手臂强壮，最重要的是，他是赫拉的儿子，一定能想到办法让自己变得强大有力。他会让别人见识到的。赫菲斯托斯四处找寻，无意中发现了一座叫利姆诺斯的海岛，岛上有一座咆哮的火山。海滩上，细软的沙子在他疲惫的脚下如丝绸般顺滑。岛上绿树成荫，赫菲斯托斯终于可以在树下休息了。他痛快地咬着多油的橄榄，任橄榄油顺着自己的胡须往下滴。他闭上眼睛，愉快地听着小猫头鹰咕咕的叫声。他把岩石扔进火里，看着它们慢慢熔化。啊，这真是一个好地方！他需要的强大，火都能给他。

很快，他为自己打了一把锤子、一块铁砧和一把火钳。有了这些工具，他开始热火朝天地制作东西——他想要的任何东西。铠甲、头盔、马

火神赫菲斯托斯

车、项链、杯子，还有各种雅致的小雕像。然后他为自己做了一把带轮子的椅子，这样他在陆地上行动起来就快多了。尽管大家仍然拿他开玩笑，但还是很敬佩他。他们纷纷来找他，请他按自己的需要设计东西。赫菲斯托斯慷慨地教他们自己制作东西。连宙斯都来了，赫菲斯托斯为他制作了一件用作胸甲的披风。这件披风叫埃癸斯——从此以后成为宙斯的象征。

一位叫卡贝露的海仙爱上了赫菲斯托斯，他们生了两个儿子。后来赫菲斯托斯来到西西里岛，仙女埃特纳爱上他，又为他生了两个儿子。不管走到哪里，总是有人爱上他，为他生孩子。

但赫菲斯托斯爱的却是灰眼睛的女神雅典娜，正是因为雅典娜，才有了他。雅典娜喜欢来赫菲斯托斯的工坊，在他一旁忙着做东西。她也制作家用物品，但拿手的还是跟战争相关的用具。雅典娜发明了马笼头——真是个聪明的姑娘。她忙着的时候，嘴里会发出轻轻的咕咕声，仿佛爱语呢喃的猫头鹰。而她吃起橄榄来又是那么贪婪。有这些就足够让他着迷了。她当然也会爱他——女人都爱他。

可是雅典娜对哪个男人都不感兴趣，更不用说一个跛子了。她傲慢地拒绝了赫菲斯托斯的求爱，这让他满腔怒火。

好吧，他也会证明给她看。他将娶一位令全世界都羡慕的娇妻。等着。

为了赢得雅典娜的芳心，赫菲斯托斯可谓煞费苦心。他教雅典娜学会使用他工坊里的工具，雅典娜在那里打造出了更好的剑、盾、头盔和铠甲——这些都是女战士的心爱之物。

爱与美之神阿佛洛狄特

爱与美之神阿佛洛狄特

当初克洛诺斯在解救众提坦神时，伤到了他的父亲乌拉诺斯。他把乌拉诺斯身体的某些部分向身后猛扔出去，那些血肉便散落在陆地和海洋上，从而有了乌拉诺斯最后一批孩子。那些孩子大多来自落在地上的血滴中，但有一个与众不同，她来自乌拉诺斯身体飞溅出的泡沫与海里泡沫的结合，那就是阿佛洛狄特。这样奇怪的身世似乎并不是一个太好的开端，不过这位女神从出生起就是一位美人。

并且她的美貌与日俱增。变化无常的海水让阿佛洛狄特领略到色彩与动作的种种细微差别，她用这个本领去唤起人们的爱情。她可以让自己几乎通体透明，继而又艳丽无比，让异性深深地迷恋上她，欲罢不能。她可以轻触一位神祇，仿佛炎热的午后一阵清凉宜人的浪花，也可以猛地撞向他，像一阵海啸袭来，可能再也不让他露出头来喘口气了。阿佛洛狄特越来越懂得如何施展自己的魅力，而一直以来指导她的都是那位古老的神祇，厄洛斯。正是他，最先将黑夜女神引入厄瑞玻斯的怀抱，将盖娅引向乌拉诺斯的怀抱。厄洛斯将阿佛洛狄特看作他一个特别的计划。

当阿佛洛狄特有把握迷倒所有海神、河神时，她想继续看看自己对陆上的众神魅力如何。她先去了基西拉岛，又去了塞浦路斯岛。结果，美人步履所至之处，嫩草发芽，鲜花盛开，仿佛她的到来让大地本身都感到如蒙赐福。而陆上的众神……哦，阿佛洛狄特已成为谈情说爱的高手，她言语多情，笑容妩媚，眼波流转，顾盼生辉。她也会撒无关紧要的小谎，适时地说些漂亮话或戏弄戏弄人。她从未失手，她想要哪位神爱上她，哪位神就会爱上她。

那么女神们呢？起初，她们对她充满妒意。但阿佛洛狄特并不需要所有地方的每一位神都为她伤心难过，于是她把自己的本领教给别的女神。很快，她们也能娴熟地运用这些小伎俩了，当然还是比不上阿佛洛狄特。

这就意味着，每一位神都想娶她为妻。

宙斯不禁担心起来，众神之间的不和可能会引起危险。他必须出面，尽快为这位美艳动人的女神安排一桩婚姻。可是谁合适呢？由于嫉妒心作怪，阿佛洛狄特的丈夫必将遭到所有人的唾弃。宙斯可以让谁来承受这份敌意呢？

事情再明显不过了：瘸腿的火神赫菲斯托斯已经遭到众人鄙视。很好。

晨星在地平线上方闪烁

星光闪烁

维纳斯是古罗马人对阿佛洛狄特的称谓。“维纳斯星”（即金星）是天空中除太阳和月亮之外最亮的天体。金星绕太阳公转的速度比地球快，当它位于地球“后面”时，我们在日落后能看到它，当它“超过”地球时，我们在日出前能看到它。因此，它既是昏星，也是晨星。古希腊人最早发现，这“两颗”星实为一颗。

没有任何损失。

这对阿佛洛狄特可不好。宙斯真是个傻瓜、笨蛋！那个瘸子丑陋不堪，一想到他，阿佛洛狄特就皱眉头。

宙斯不肯让步。

在阿佛洛狄特和宙斯争辩的时候，赫菲斯托斯耐心地等待着。他立刻就看出，宙斯为什么选中他，也明白这桩交易已成定局。对于这一时来运转，赫菲斯托斯喜不自胜。阿佛洛狄特比他不久前想娶的女神雅典娜可好多了。雅典娜断然拒绝了他，而且除了战争什么都不谈——嗨，她疯狂地迷恋战争。阿佛洛狄特则完全不同。赫菲斯托斯决定促成这桩婚姻。他要赢得阿佛洛狄特的芳心，于是去工坊为女神打造了一条金腰带。上面有着全天下最精美繁复的纹饰，只有最细的针才能穿过那无数的小圆圈。

阿佛洛狄特看了一眼这条令人惊叹的腰带，把它系在了腰间。她凭直觉感觉到，那些花纹的隐秘之处一定蕴含着神奇的魔力。然后她走到众神面前。啊！有了这条腰带，本就风华绝代的阿佛洛狄特更美得无与伦比了。她不需要轻启朱唇吐一个字，或眨一下眼睛，就已经能够倾倒众生了。是的！有了这条腰带，阿佛洛狄特就可以忍受这桩婚姻。

赫菲斯托斯打造了一条精美绝伦的腰带，终于成功抱得美人归。那是怎样的一位妻子啊！——那可是光彩照人的阿佛洛狄特。这条腰带太漂亮了，令她无法拒绝。毕竟，稀世珍宝当配绝代佳人。

众神信使赫尔墨斯

众神信使赫尔墨斯

宙斯看到一位仙女走在库勒涅山的羊群中，那就是阿特拉斯的女儿，迈亚。迈亚身着紫衣，羊群中的她仿佛银色花茎上盛开的一朵鸢尾花，在满是马利筋果实的田野中分外引人注目。他想娶她为妻。这是第几位妻子了？他记不清了。发现这一点，他很高兴——世界上到处都是美丽的姑娘。

他想张开双臂拥抱她，但这件事一定会传到王后赫拉的耳朵里。那会很不妙，赫拉在王族中已经成为一名唠唠叨叨的怨妇。

于是宙斯等到晚上，他帮赫拉盖好被子，然后悄悄地穿过芳香的草地，来到迈亚居住的幽深的山洞。女神羞涩地扭过头去，浓密的鬈发遮住了脸庞。宙斯发出响亮的笑声，对年轻女子的温柔妩媚，他毫无招架之力。

八个月零三天过去了，第四天破晓时分，一个健康漂亮的男孩从迈亚子宫里一跃而出，跳进她的怀里。迈亚给他取名为赫尔墨斯，把他安放在山洞深处的摇篮里。可是这个刚出生的小男孩却从摇篮里跳出来，朝洞口跑去。

赫尔墨斯高兴得哈哈大笑，就像他父亲那天晚上来看迈亚时那样。路上有一只龟甲闪着光泽的乌龟，这个男孩把它杀了，然后用切成小段的芦苇把深深的空龟壳填满，又在上面蒙上牛皮，绷紧，再用羊角做了一个有横档的架子，绷上七根羊肠线。看啊，这个婴儿刚刚制成了世界上第一把里拉琴。他为母亲迈亚弹琴、唱歌，母子俩谈着众神的故事度过了那个下午。

迈亚终于再次把赫尔墨斯放进摇篮里，自己懒洋洋地躺下来休息。赫尔墨斯安静地等母亲入睡——就像他的父亲宙斯等赫拉睡着再来找迈亚一样。然后这个婴儿从山洞里悄悄溜出来，在落日的余晖中沿着小路向皮埃里亚山走去。山色已暗，他看到一群牛，个头都很大，正在哞哞地低吼。小男孩知道，这是阿波罗的牛。从这么一个自命不凡的神那里偷东西，让他感到很高兴。

他偷走了五十头牛，并神奇地把牛蹄印的方向调反，用来做障眼法。在一处有树的地方，赫尔墨斯摩擦树枝，发明了火，点着了一棵树。他杀了两头长着长长的角的母牛，把它们烤熟，把牛肉献祭给众神。然后偷偷地溜回母亲的山洞，脚步像秋风一样轻盈。他爬进摇篮，用布把自己裹好。但迈亚醒了，立刻就觉察到了他的小把戏。她叫他小无赖，赫尔墨斯咧开嘴笑了。

彼得·潘

有关骗子的故事

狡猾的赫尔墨斯经常耍些小孩子的鬼把戏。很多神话故事中的骗子都有小孩子或动物的特点。英国有个彼得·潘的故事，讲一个小男孩永远也长不大，整日里只知道玩耍。美洲土著民族中则流传着很多关于“草原狼”的故事。“草原狼”是一个有魔法的角色，出现在很多滑稽故事中，但也经常跟死亡有关。这些骗子为所欲为，完全不为别人考虑。我们会跟着笑，但是也会看到，如果大家都这样做事，生活将变得多么糟糕。

他发誓，将来想偷什么就偷什么，任何时候都随心所欲，无所顾忌。

一位老农告诉阿波罗谁劫走了他的牛。阿波罗知道后，便迈着重重的步子冲向那个散发着香味的山洞。赫尔墨斯躺在摇篮里装睡，但阿波罗却坚决要他说出牛的去向。

赫尔墨斯装出一副十分无辜的样子，反问道：“一个刚出生的婴儿，两只脚就像化了的黄油那么柔软，怎么可能去偷伟大的阿波罗神的牛？如果是真的，想想那得多丢人。不过这不可能。”

阿波罗使劲盯着他，然后突然哈哈大笑。“狡猾的小东西，带我去找我的牛。”

“我发誓我什么都没偷！”

阿波罗怒气冲冲地把赫尔墨斯提起来。就像普通婴儿一样，赫尔墨斯放了一个响亮的屁。阿波罗吃了一惊，放开手，把他丢下来。但接着，阿波罗把他夹在胳膊下，带着他来到了奥林匹斯山。他要找众神之王宙斯对这件事做一个裁决。赫尔墨斯仍旧矢口否认。不过宙斯识破了他的把戏，于是叫两个儿子一起去把牛找回来。

愤怒的阿波罗把赫尔墨斯捆了起来，这样他就不会偷东西了。但这个无所不能的婴儿挣脱了出来。尽管如此，阿波罗的声音和他眼中闪烁的怒火最终还是让赫尔墨斯明白了，这件事不会不了了之。另外，阿波罗生气的样子也确实让人害怕。赫尔墨斯想得到每一位神的喜爱，尤其是阿波罗。

于是他拿出那把龟甲里拉琴，弹起来。赫尔墨斯弹奏出的音乐十分动听，连花儿都向他折腰。阿波罗早已陶醉在优美的旋律中，这时赫尔墨斯把里拉琴送给他，作为和解的礼物。阿波罗的弹奏技艺更胜赫尔墨斯百倍，连岩石都从悬崖峭壁上滚落下来，倾听这天籁般的琴声。

同父异母的兄弟二人发誓对彼此忠诚。为了表示友谊，阿波罗送给赫尔墨斯三个生有双翼的少女——特里埃，她们能预知未来。宙斯赞赏兄弟俩的做法，宣布赫尔墨斯将主管预兆吉凶的鸟儿，以及狗、绵羊、威严的狮子和有着闪亮獠牙的野猪。宙斯还任命赫尔墨斯为冥王哈得斯的信使。赫菲斯托斯为他打造了一顶隐身头盔，跟哈得斯的那顶一样，还有一双带翅膀的凉鞋，方便他上天入地。不过大家还是把这个刚出生的神看作一个淘气包。

淘气包，这个说法很好玩儿，而且透着宠爱。淘气包笑了。

赫尔墨斯生来就调皮捣蛋，但也心灵手巧。刚出生不久，他就用乌龟壳、羊角和羊肠制作出了世界上第一把里拉琴，并能弹奏出美妙的音乐。

战神阿瑞斯

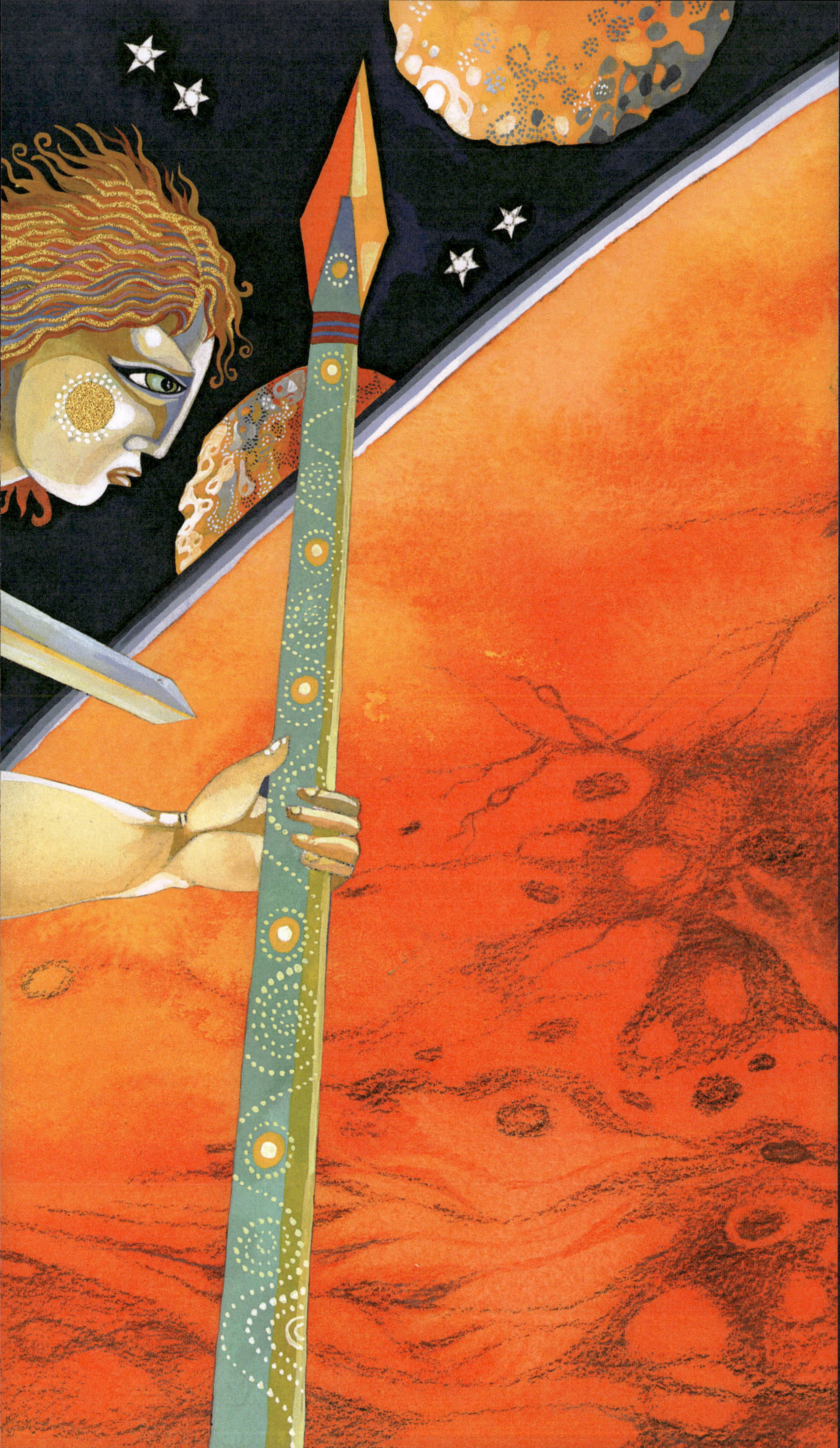

战神阿瑞斯

众神之王宙斯和众神之后赫拉终于有了属于他们的孩子，他们为这个儿子取名为阿瑞斯。这个孩子本该出类拔萃，不同凡响。毕竟，他是神王和王后的第一个孩子，父母对他寄予厚望。

不过阿瑞斯很快就让他们失望了。他长得倒是够强壮，实际上有点过于强壮了，而且极擅长驾马车、掷长矛，可惜他的才能没有用对地方。阿瑞斯既凶残又懦弱，不停地煽动冲突和仇恨，真是这个世界上的一个污点，而且沾着血迹。他的父母十分憎恶这个儿子。

不过谁也无法否认，他的身体的确有一些魅力。他结实的小腿肚就像铁打的一样，跑起来风驰电掣，众神中没有一个比得上他；一双大手似乎能抓起任何东西，什么都可以，并且抓得牢牢的；宽大的方下巴仿佛能咬碎骨头，丰满的嘴唇有明显的唇峰，深得女神们的喜爱。阿瑞斯目光逼人，几乎没有人敢和他对视。

但阿佛洛狄特除外。她有什么不敢？她是一位女神，而且有着惊人的美貌，是整个宇宙间的美人。她嫁给了赫菲斯托斯，他当然也是一位神，但只是一个铁匠，还有一只脚是跛缩的。赫菲斯托斯整日弯着腰，对着一锅熔化了的金属忙个不停，一边咳嗽，一边擦着红红的、视线模糊的眼睛。他长得那么丑陋，而且越来越丑，阿佛洛狄特巴不得他一天比一天瘸得厉害呢。所以，她有权利和阿瑞斯谈情说爱。

战　神

阿瑞斯似乎完全是一个令人厌恶的角色，古代文化中其他的战神也一样。在古代斯堪的纳维亚人的神话中，战神提尔同时也是纷争之神，总是到处制造麻烦。古埃及一位叫塞赫美特的战争女神十分嗜血，每当战争结束，人们都必须为她举行盛大的庆祝活动。只有这样才能安抚她，否则她就会让厮杀一直进行下去，直到双方士兵全部丧生。所有战神对毁灭似乎都有一种近乎疯狂的迷恋。

一幅古代壁画中的埃及女神塞赫美特

她确实那么做了。阿佛洛狄特和阿瑞斯肆无忌惮地约会，就在赫菲斯托斯的家里。而那位年老的神正在他的工坊里忙碌着，他们以为他会一直被蒙在鼓里。

然而，这一切却没有逃过赫利俄斯的眼睛，这位提坦神所生的太阳神在窗外看得清清楚楚。他很喜欢赫菲斯托斯，两个人都是跟火打交道的，所以格外亲近。赫利俄斯把这件事告诉了赫菲斯托斯。

赫菲斯托斯并不意外。他一直就知道，妻子如此迷人，必然很难留住她的心。但裂开的伤口还是让他感到一阵剧痛，他必须采取行动。如果靠体力，他肯定会输，所以必须来一场脑力的较量。

赫菲斯托斯把他那块大铁砧放在架子上，开始锤打。那天剩下的时间里，他一直没有停下，直到夜里，直到第二天结束。细细的金属圈已

经摞得比他高了，他通过锤打把这些圆圈连在一起，做成一张金属网。金属线细得几乎看不见，就像蜘蛛网一样。不过这张网却很结实，反正对那件事来说是够用了。第二天，趁阿瑞斯和阿佛洛狄特还在休息的时候，赫菲斯托斯用一张金属网把他们两个罩住了。他们醒来的时候，发现自己已经无法逃脱了。

赫菲斯托斯很快把所有的神都叫来围观。女神们没有来，但所有男性的神都到了。他们又是讥讽又是嘲笑，很乐意对这件事进行评判。

赫菲斯托斯成功了，这位又丑陋又不够强大的神战胜了威猛的阿瑞斯。众神立刻向他表示祝贺，并庆祝正义战胜了邪恶。

但接着，当他们看向风姿绰约、美丽无比的阿佛洛狄特时，顿时感到一阵晕眩。赫尔墨斯转向阿波罗，说网子里那个人如果能换成他，他是不是什么都愿意舍弃？这虽是玩笑话，却说到了点子上。没人能责怪阿瑞斯。谁又忍心责备那倾倒众生的阿佛洛狄特呢？就这样，这对情人没有受到惩罚。

阿佛洛狄特羞愧难当，当即逃往塞浦路斯岛。在那里，仙女们为她涂抹香水，侍奉她用温水洗浴，让她身心舒缓，稍感慰藉。

阿瑞斯感到的更多是恼怒。阿佛洛狄特虽然美，却实在麻烦，于是他转而去爱别的人了，当然也会引出新的憎恨。他可是战神——还有什么可说的？

阿佛洛狄特背叛了丈夫，阿瑞斯背叛了兄弟。不过赫菲斯托斯还是占了上风，他用一张金属网罩住他们，让他们当众受辱。

太阳神赫利俄斯

太阳神赫利俄斯

在克洛诺斯这一脉繁衍壮大的同时，其他提坦神家族也在发展。从母亲盖娅的洞穴中一放出来，他们就立刻四散而去，有的潜进了水中，有的留在了陆上。其中两位，许佩里翁和忒伊亚，升到了空中。许佩里翁仿佛一层薄纱盖着湛蓝的天空，忒伊亚则从不同地方放出耀眼的光芒，透过他照在大地上。忒伊亚是宇宙闪亮的眼睛，是天空璀璨的宝石。

不久他们就生下三个孩子：太阳赫利俄斯、月亮塞勒涅，还有他们自然的同伴——黎明厄俄斯。

赫利俄斯生来就不知疲倦，而且性情温和。他每天早上都按时起床，从不懈怠，然后戴上金色的头盔，把威武雄壮的牡马套进金色的马车，那是锻造之神赫菲斯托斯专门为他打造的。他驾着马车从高空穿越苍穹，下面的人们看到的只是一个炫目的光球，后面闪着缕缕金光——那是他飘起的长发和衣袍。赫利俄斯发出强烈的光，普照世间万物，只有那些最幽深的裂隙不能到达。他看到，无论地上、水里还是空中的神，都纷纷吸收他的热量，变得更加开朗，自在，不仅笑容多了，还会彼此帮一些小忙。他让别人感到舒服，这是怎样的荣幸！这样想着，他站得更高了。

赫利俄斯每天都驾车来到苍穹之顶，在那里稍作停留，然后继续前行，直到在遥远的西方冲进水里，把天空留给妹妹塞勒涅。他需要花费整个晚上的时间悄悄返回东方，然后在第二天再重复那漫长的行程。但他从未想过要休息片刻，一次也没有。离了他，大家简直就不能保持精神的正常。赫利俄斯最可贵的品质就是值得信赖。

正是这一点引起了普罗米修斯的注意：赫利俄斯是恒定不变的。普罗米修斯的父亲是提坦神，母亲是提坦神的女儿。他由赫利俄斯想到，宇宙间有一个固定的节奏、特定的热源，以及一种统一万物的力量。有一天，他正在一条由咸水河沉积成的三角洲附近挖黏土、淤泥和沙子。他注意到，自己可以把这种湿乎乎的混合物涂抹在胳膊上，然后赫利俄斯会把它晒干。干了以后那层东西变得硬硬的，像一层壳，但很薄，像胳膊上的第二层皮肤。对！第二层皮肤！这个想法在他脑子里挥之不去，真的是令人震惊。他可以用这些黏土捏成一件东西，就按自己的样子，

太空中太阳的照片

孕育万物的太阳

在希腊神话中，人类是在某个时间点上突然出现的。至于是谁创造了人类，具体情形如何，并没有提及。但在后来的罗马神话中，尤其是在奥维德笔下，是普罗米修斯创造了人类。今天我们知道，太阳对地球上所有生命的出现都至关重要。因此，我们将赫利俄斯编进了普罗米修斯造人的故事中。不过在古代人看来，太阳和地球上的生命之间很可能没有什么关系。

照着神的样子来做。然后由赫利俄斯把它烤干，接着每天都烤一次，让它保持不变。

普罗米修斯和赫利俄斯用黏土捏出了人。众神听说他们要照神的样子创造人类，都很高兴，于是越来越多的神加入进来。

赫利俄斯同意了。何乐而不为呢？毕竟，神是那么了不起。如果用黏土捏东西，还有什么能比跟他们一样更好的呢？实际上，只需要一点点能量，这些形象就可以获得生命。当然他们不能永远活着，但不管他们的生命多么短暂，对众神来说都会是很好的消遣。

就这样，新的生灵经由普罗米修斯之手诞生了，他称他们为“人”。众神都饶有兴致地看着。很快，火神赫菲斯托斯也加入进来，并在宙斯的鼓励下制作出了女人。雅典娜，那位从宙斯额头处一跃而出的女神，教女人们学会了编织。阿佛洛狄特，那位从大海的泡沫中出生的女神，教会了女人们什么是爱情。还有宙斯和迈亚的儿子赫尔墨斯，他教给了女人们骗人的小伎俩。

而赫利俄斯让所有这些男人和女人都紧密地结合在一起，身心合一。他喜欢这些简单的生灵。他把一棵橡树点着，这样，人们就可以用树枝随意把火带到任何地方，聚在一起取暖了。

太阳神赫利俄斯

月神塞勒涅

月神塞勒涅

塞勒涅是提坦神许佩里翁和忒伊亚的第二个孩子，她的哥哥是太阳神赫利俄斯，妹妹是黎明女神厄俄斯。赫利俄斯并不是爱炫耀的人，但他也从不休息。他每天驾车穿过天空，给生活固定的节奏。他为这个世界带来了巨大的福祉，也理所当然地享受着人们对他的赞扬。赫利俄斯子女众多，个个都有光芒四射的眼睛。厄俄斯也同样当仁不让，并且没有丝毫的浮夸张扬。她每天将粉红色的手指伸向东方的天空，宣布哥哥的到来。人们一看到厄俄斯就燃起希望，所以很容易爱上她。两位提坦神所生的儿子阿斯特赖俄斯与厄俄斯结合，生出群星及三位风神：泽费罗斯从西方吹来，轻轻地吹散天空的云朵；强劲的玻瑞阿斯从北方呼啸而来，寒冷刺骨；诺托斯则裹挟着暴风雨，在夏末秋初从南方滚滚而来。

但塞勒涅跟他们不一样，腼腆的性格让她十分痛苦。有时候，她有一股强烈的冲动，想要缩作一团，就像冬天里的熊那样。她无法克服这种冲动，于是便躲得无影无踪。然后她听到了那一声声哀号。她捂上耳朵，但那声音还是透过她修长的手指和浓密的秀发传进来。她无法拒绝那些女人——她们需要她的帮助，那么可怜地呼唤她回来。于是她回来了，一点一点地显现出来。黑暗中，她们终于可以借着柔和月光前行了。在两个星期的时间中，她日渐圆满，一片清辉笼罩着山巅，照耀着海浪。恋人们沐浴在温柔的月光中，虽然有些懵懂，却莫名地、平静而愉快地

星光灿烂

古希腊人将聚在一起的星团称为星座，并用人类的名字、动物或其他事物为其命名。而游离在星座之外的星星则冠以男女诸神的名字。今天我们知道，同一个星座中的星星之间并没有任何特别的关系。它们之所以看起来相隔很近，只是一种视觉效应。此外，游离的“星星”其实是行星、太阳赫利俄斯或月亮塞勒涅。以前，很多人都依靠占星术来预测吉凶，帮自己做出决定。占星术体现了人们对天体的研究，其中太阳和月亮是最重要的考量因素。

月亮的照片

看到，自己终于找到了那个人，遇到了自己的灵魂伴侣。他们找到了平静，而这一切都要归功于塞勒涅。

所以很自然，他们用歌声尽情地表达对她的赞美。那些直白的夸饰之辞让塞勒涅脸红了，她只好又退缩回去，一点一点，直到彻底躲藏起来。只有眼力最好的人们才能依稀看到她的踪迹，夜幕中那刀刃般的倩影。

她暂时觉得安全了。然后那哀号声再次传来，新一轮的循环又开始了。赫利俄斯每天东升西落，给所有人的生活带来固定的节奏，而塞勒涅每月的盈亏则给女人们带来规律的生理周期，赋予她们做母亲的能力。她们不停地哀号，呼唤着这种最令人惊叹的本领。

一天晚上，皎洁的月光落在一个人身上，是一个在野外睡着的凡人。塞勒涅凑近些，那个人醒了，望着她的脸，许久都没有说话。然后他对着女神轻声吐露自己的心曲。塞勒涅越听就越觉得这个人值得钦佩。他那份安静的美也让她感到震撼。对别的神来说，凡人只是博他们一笑的玩物，但塞勒涅却很看重凡人。她触碰到了这个人的心灵，知道自己终于找到灵魂的伴侣了。

塞勒涅是第一位爱上凡人的神祇。永生不朽的神和终有一死的凡人——他们之间的爱情注定是悲剧。宙斯让恩底弥翁长眠不醒，这样他就不会衰老、死去了。不过，这样的结局也令人唏嘘不已。

这让她感到痛苦，因为恩底弥翁是凡人，终将会衰老，死去。不过塞勒涅还是抛开这份担忧，投入到了爱人的怀抱。随着时间的流逝，两个人相爱弥笃。但是想到有一天就看不到恩底弥翁那张俊美无比的脸庞了，塞勒涅的心痛得缩作一团。她恳求宙斯让恩底弥翁永葆青春，宙斯便让这个凡人陷入永久的长眠。自然，这让塞勒涅悲伤不已，也引得诗人们一直吟咏至今。

塞勒涅和恩底弥翁有五十个女儿，她们被称为墨涅厄。一到晚上，女儿们就轮流陪伴在母亲身边。

月神塞勒涅，和蔼，温柔，郁郁寡欢。

酒神狄俄尼索斯

酒神狄俄尼索斯

又看到她了——塞墨勒，宙斯的口水都要流出来了。可是塞墨勒是凡人。宙斯跟在她身后，被她的美貌迷得神魂颠倒。凡人，凡人——这真的有那么重要吗？

月神塞勒涅爱上了凡人恩底弥翁，引出好几桩这样的姻缘。但宙斯是众神之王，如果他的孩子有一天变得年老体弱，齿发落光，耳聋眼花，那可真是令人难堪。

可是，那个姑娘，那个不起眼的凡人，哦，他就是喜欢她。哈！如果他们生了孩子，宙斯让那个孩子永生不朽就是了。哈哈！他立刻在塞墨勒面前现身了。

塞墨勒，忒拜国王卡德摩斯的女儿，和宙斯一样立刻坠入爱河。

宙斯又多了一位妻子。他惊奇地发现，塞墨勒雪白的皮肤下透着青色的血管；她会因为夜里没睡好而有黑眼圈；还有，由于吃肉，她呼出的口气里有一种奇怪的酸甜味。她的生命是不会长久的，神王的心真的被触动了。他发誓，将满足她的任何愿望。

赫拉勃然大怒。她找到塞墨勒，表现得像亲姐妹一样，对她满是关爱。“宙斯不是很了不起吗？要是他能让你看看他雷神的威严就好了。那样你才能知道他的真面貌。”

塞墨勒温柔、漂亮，却一点也不聪明，她叫宙斯见她时现出雷电的光辉。

宙斯知道这样做的结果是什么。他恳求塞墨勒改变主意，可是塞墨勒不相信会有危险。唉！他必须信守承诺。事已至此，宙斯只能满足她的愿望。

塞墨勒身上瞬间燃起熊熊大火。

几近发狂的宙斯从塞墨勒肚子里救出孩子，并把他放在自己的大腿里。孩子足月出生后，宙斯把他带到尼萨山谷，由那里的仙女抚养长大。这位神就是狄俄尼索斯。

狄俄尼索斯教农民们种植葡萄，并教他们在秋季根据星象决定采摘时间。采摘后的葡萄需要存放两个星期，以便进一步成熟，然后再榨出酒，储存在陶罐中。葡萄酒仿佛深紫色的河流，农民们心怀感恩地喝着酒，举杯向慷慨的狄俄尼索斯致敬。

挂在藤上的葡萄

给人们带来享受的葡萄

狄俄尼索斯是酒神。葡萄酒最早出现于高加索地区和伊朗。在公元前 4500 年左右，希腊也有了葡萄酒。希腊多岩石，适合橄榄树生长。虽然可耕种的土地少之又少，但希腊的气候却十分有利于葡萄的种植。晴朗干燥的天气可以持续数月，然后才进入湿冷的季节。冬季气候通常都很温和，但山区也有可能下雪。希腊人很快就学会了在阳光充足的梯田上种植葡萄，并酿出美酒。他们也将这些技艺传播到了欧洲其他地区。

一天，海盗看到岸上年轻的酒神，并根据他的衣着判断这是一位王子，于是便把他拖上船，准备索要赎金。海盗把他绑在桅杆上，可是绳子自己脱落了。船上的舵手猜到了他是一位神，但其他船员们不听。狄俄尼索斯吹了一口气，船帆张满，香气扑鼻的酒在甲板上流淌。船员们终于明白了，但他们还没来得及把狄俄尼索斯送上岸，他就已经变成一头狮子，朝他们扑了过去。船员们纷纷跳入海中，变成海豚，并且永远也无法恢复人身了。

这就是狄俄尼索斯的两面性：既慷慨优雅又意味着矛盾冲突；既头脑清楚又脾气暴躁；既能给人们带来极大的快乐，又可以让他们痛苦不堪。他带给男人们轻松愉快的时刻，让他们忘掉一切烦恼，也可以让他们深感沮丧，看不到一丝希望。

但受狄俄尼索斯影响最大的还是女人。她们因他而疯狂，有些甚至抛弃孩子去追随他。忒拜国王彭透斯不相信狄俄尼索斯是一位神，并把他投进监狱。狄俄尼索斯逃出来，让忒拜的女人们发狂地跟在他身后。彭透斯也跟上来，这时狄俄尼索斯让女人们彻底失去理智，对彭透斯发起攻击——连彭透斯的母亲也在其中。她们把彭透斯撕扯至死。然后狄俄尼索斯让她们恢复正常，她们看到了自己的所作所为。真是人间惨剧。

狄俄尼索斯很善变，时而温和平静，时而狂躁狰狞。图中，由于被海盗冒犯，盛怒之下，他变成一头狮子。惊恐万分的船员们纷纷跳入海中，变成了海豚。

厄运英雄珀尔修斯

厄运英雄珀尔修斯

阿耳戈斯城的国王阿克里西俄斯的妻子生下一个漂亮的女儿，叫达那厄，但国王想要的是儿子。于是他去了德尔斐的神庙，那里的女祭司可以做出准确的预言，是全希腊最受人尊敬的神谕传达者。女祭司说，阿克里西俄斯不但永远不会有儿子，将来还会死在外孙的手中。

由于害怕神的报复，阿克里西俄斯不敢伤害这个女孩。他很快在地下为她修建了一座青铜房子，只留了一扇天窗，用来通风和采光。日复一日，年复一年，可怜的达那厄就坐在那扇天窗下，呆呆地仰望着天空。她渐渐地爱上了阳光和月光，爱上了外面的风和雨。

宙斯看到那张娇俏的脸庞，立刻想到了取悦美人的妙计。他化作一阵金雨，与达那厄相会。不久，达那厄生下一个儿子，叫珀尔修斯。阿克里西俄斯再次立刻采取行动，把母子二人装进一个木箱子，扔进了大海里。

达那厄用披风把心爱的儿子包起来，让他睡觉。海上波涛汹涌，木箱随着海浪剧烈地晃动，达那厄内心一片慌乱和无助，但还是在孩子耳边轻声低语，哄他安睡。请不要让可怕的水怪从下面游过来，把他们抓走，或张开大嘴把他们吞进肚子。

木箱被冲到塞里福斯岛的岸上，一个渔夫救下母子二人，并把男孩养大。珀尔修斯长得很强壮，尽管如此，他从未放松警惕。虽然他和母

英仙座

英仙座图示

英仙座（即“珀尔修斯座”）是北天星座中屈指可数的几个大星座之一，冬季可见，十二月为最佳观测月份。星座中包含多对“双星”。在有些“双星”中，两颗恒星之间的距离实际上非常遥远，只是因为处在同一星座中，才看上去很近。另外一些则是“联星”，就是两颗恒星距离很近，彼此受对方引力的影响，并沿轨道互绕。英仙座中还包含一些“变星”，有些变星亮度的变化是由其自身膨胀和收缩引起的，另一些变星时明时暗，则是由于它们的一颗绕行恒星的遮挡。

亲躲过了外祖父的迫害，但这个世界仍然充满危险。珀尔修斯勇敢地走了出去，是的，走了出去，但眼神却很警觉，时刻留意着危险。

在这些年里，塞里福斯岛的国王波吕得克忒斯爱上了达那厄，但达那厄拒绝了他。现在已经成年的珀尔修斯感觉到这个人有些卑鄙可耻，便极力阻挠他对母亲的追求。

波吕得克忒斯感到被冒犯了。什么？珀尔修斯竟然敢跟国王作对？国王通常都很自私，向来如此。波吕得克忒斯决定直接除掉这个年轻人，就像阿克里西俄斯曾经做的那样。

于是他举办了一场宴会，参加宴会的宾客都需要送给主人漂亮的马匹。按照波吕得克忒斯的说法，他要把这些马匹献给一位驯马的姑娘，向她正式求婚。得知波吕得克忒斯要结婚，珀尔修斯很高兴，因为这样他就不会再打扰母亲了。珀尔修斯承诺，可以送给波吕得克忒斯任何礼物，他想要什么都可以，即便是美杜莎的头颅也不在话下。美杜莎是戈耳工三姐妹之一，也是海神波塞冬的妻子。这句轻率的承诺不知道是从哪里冒出来的，但话已经出口，而且掷地有声。机不可失，波吕得克忒斯赶紧说，就要美杜莎的头颅。

格赖埃三姐妹共用一只眼睛、一副牙齿。珀尔修斯把这两样东西抢过去，胁迫她们说出一个秘密，以便他能杀死她们的姐姐。很聪明，不是吗？但也很残酷。

美杜莎长着一头蛇发，并且谁要是看到她，立刻就会变成石头。在波吕得克忒斯看来，珀尔修斯此去必死无疑。

但珀尔修斯是宙斯的儿子，而且还有两个兄弟姐妹前来相助。第一位就是女神雅典娜，她告诉珀尔修斯，三位叫赫斯珀里得斯的仙女那里有能杀死美杜莎的武器。但要找到赫斯珀里得斯，得问格赖埃三姐妹。格赖埃三姐妹是美杜莎的妹妹，她们生来就是老妇人的模样，姐妹三人共用一只眼睛，一副牙齿。珀尔修斯藏起来，看到格赖埃三姐妹像三只灰色的大鸟一样挤在一起。当其中一个把眼睛和牙齿递给另一个时，珀尔修斯趁机把这两样东西都抢了过去，以此要挟她们带他去赫斯珀里得斯的花园。这太可怕了，如果答应他，她们的姐姐就活不成了；如果不答应他，她们自己就看不见东西，也不能吃饭了。格赖埃三姐妹最终还是带着珀尔修斯找到了赫斯珀里得斯，珀尔修斯也依照之前所言，把眼睛和牙齿还给了她们。

赫斯珀里得斯借给珀尔修斯三样东西：一双带翅膀的凉鞋，就像赫尔墨斯的那样，穿上它就可以飞起来；一顶隐身头盔，就是哈得斯曾经用过的那一顶；还有一只神袋，不管装进什么东西，都不会鼓起来。除此之外，雅典娜又送给珀尔修斯一面青铜盾牌。盾牌闪闪发光，能像镜子一样照出人影。接着，赫尔墨斯终于也加入进来，他送给珀尔修斯一把刚硬的镰刀。

珀尔修斯有了武器，又能够隐身，便立刻飞往美杜莎姐妹休息的洞穴。她们正在睡觉，珀尔修斯站在她们旁边，把亮闪闪的盾牌举到与肩

齐平的位置，以便从里面能看到她们。珀尔修斯从未想到，竟有人生得如此丑陋。蛇发缠绕在她们身上，使得她们全身都像生了一层鳞片。一对野猪的獠牙从她们的下颌处伸出来，又尖又长。她们背上有一对金翅膀，双手则是青铜的。海神波塞冬称美杜莎为宝贝，珀尔修斯实在想不明白，他是怎么做到与这样一个丑陋的怪物为伴的。

这个年轻人举起镰刀用力一挥，砍下了美杜莎的头颅。两个已经成年的孩子从她脖子里一跃而出，那是她和波塞冬的孩子。一个是珀伽索斯，生有双翼的飞马，他最终去了奥林匹斯山。另一个是克律萨俄耳，一位手持金剑的高大勇士，他后来成为整个伊比利亚半岛的国王。珀尔修斯没有追他们，而是把美杜莎的头颅放进神袋里，飞走了。戈耳工三姐妹中的另外两个大叫起来。她们想追上去，却根本看不到对方的身影，因为珀尔修斯隐身了。

珀尔修斯沿着非洲北海岸往回飞，途中突然看到一个少女，被绑在一块屹立在海里的岩石上。珀尔修斯飞过去，那个姑娘向他讲述了自己的遭遇。

安德洛墨达是国王克甫斯和妻子卡西奥佩亚的女儿。国王和王后两人都很喜欢在海边散步，并且乐于炫耀自己的容貌。卡西奥佩亚尤其缺乏见识，竟然夸口说自己比海仙涅瑞伊得

珀尔修斯用盾牌当镜子，找到美杜莎的头，这样他就能杀了美杜莎，并且不会给自己带来危险。又是一个聪明之举，同样还是很残酷。美杜莎并没有伤害过他。

斯还要美。殊不知，众神比凡人中的王族还不能容忍别人的冒犯。于是涅瑞伊得斯便向海神波塞冬抱怨，波塞冬发起海啸，还派一头凶猛饥饿的大鲸鱼到这个城邦祸害百姓。不过国王克甫斯听说过一个预言，说如果他能把女儿献给鲸鱼，就可以免除灾祸。就这样，安德洛墨达被绑在了那块大石头上。这位可怜的公主一边讲，一边还在瑟瑟发抖。她盯着地平线，知道自己活不了多久了，眼睛里满是恐惧。

姑娘的头发被风吹得乱飞，下嘴唇在不停地颤抖，手指绞拧在一起，颜色发青。她的心怦怦直跳，珀尔修斯听得真真切切，他的心跳得更厉害。帮这位美丽无比的姑娘逃过被鲸鱼吞掉的厄运，比帮自己的母亲摆脱那个国王的纠缠还让他激动。

那头鲸鱼来了。但它根本就不是鲸鱼，而是一条浑身长着鳞片的大蛇。大蛇正乘着巨浪，抬起身子，向这边逼近。这只怪兽似乎来自珀尔修斯婴儿时的噩梦。那时他和母亲被装在木箱子里，漂泊在凶险的海上。但现在他可以对付这个家伙。珀尔修斯告诉国王克甫斯，如果国王把女儿嫁给他，他就杀掉这只海怪。国王欣然同意，于是珀尔修斯挥舞镰刀，杀掉大蛇。大蛇临死

由于父母的愚蠢和自大，美丽的安德洛墨达被献给一只海怪。幸好怪兽来的时候，有珀尔修斯出手相救。典型的少女落难，英雄救美。

前发出痛苦的惨叫声，把方圆百里内所有的海鸟都震聋了，它流出的血把整个海洋都染成了红色。

珀尔修斯终于回到家，把国王波吕得克忒斯和他的朋友们都变成了石头。然后他把美杜莎的头颅献给雅典娜，雅典娜把它固定在她盾牌的正中。他又依照诺言，把带翅膀的凉鞋、隐身头盔和已经腾空的神袋交给赫尔墨斯，请他归还给赫斯珀里得斯。

最后，珀尔修斯、安德洛墨达，还有珀尔修斯的母亲达那厄决定去阿耳戈斯看望达那厄的父母。达那厄的父亲阿克里西俄斯听说他们要来，就偷偷地逃到了佩拉斯吉人的城邦。碰巧那里的国王正在举办一场运动会，并且邀请珀尔修斯也来参加比赛。在比赛中，珀尔修斯掷出的铁饼砸到了阿克里西俄斯的脚，阿克里西俄斯当场殒命。这纯属意外。厄运英雄珀尔修斯无意间让神谕应验了。

猎人俄里翁

猎人俄里翁

海神波塞冬和戈耳工三姐妹中的美杜莎温柔地拥抱在一起，他们都将彼此视作自己的至爱珍宝。看着波塞冬那把令人生畏的三叉戟和美杜莎头上那疯狂扭动着的毒蛇，人们可能会想，这真是令人匪夷所思，但这就是爱。

然后不知道从哪里冒出来一个珀尔修斯，这个年轻人毫无来由地砍掉了美杜莎的头，就像对待恶魔一样残忍。如果珀尔修斯不是宙斯的儿子，波塞冬很可能会去找他报仇。这件事太令人难以接受了。唯一值得欣慰的是，波塞冬和美杜莎两个未出世的孩子及时逃走了：一个是身形巨大的勇士克律萨俄耳，一个是生有双翼的飞马珀伽索斯。

悲痛欲绝的波塞冬投入美杜莎的姐姐欧律阿勒的怀抱，她也是戈耳工三姐妹之一。他们生下一个儿子，叫俄里翁。波塞冬终于有了一个正常的孩子，既不是巨人，也不是飞马，这让他欣喜若狂。俄里翁被父亲宠坏了，等他成年时，父亲竟然赋予他在水上行走的能力。

在水上行走，这真是太过分了。有了这个本领，小伙子更加不可一世了。俄里翁成为一个令人厌恶的自命不凡的傻瓜。他的妻子西得同样愚蠢而自大，竟然称自己的容貌可以和女神赫拉相媲美。赫拉一把抓起这个女孩，把她扔到了冥界塔耳塔洛斯。俄里翁的第一段婚姻就这样结束了。

不过他并没有泄气，不久便去希俄斯岛向墨洛珀求婚了。墨洛珀是国王俄诺庇翁的女儿，以美貌著称，她也喜欢俄里翁。俄里翁高大英俊，擅长射箭，几乎百发百中。应墨洛珀的要求，他把岛上的野兽全部清除干净。但国王当即就对这个趾高气扬、大话连篇的年轻人心生厌恶，并请酒神狄俄尼索斯帮忙除掉他。

狄俄尼索斯来到希俄斯岛，举办了一场宴会。宴会上有跳舞的女子——酒神的女祭司，有令人陶醉的音乐，有美味的食物，还有饮之不尽的美酒。俄里翁尽情欢饮，很快便喝得不省人事，第二天早上醒来，发现自己竟然躺在海滩上。他怎么到了那里？而且他的眼睛也失明了！接下来，哦，他想起来国王冲他大喊大叫了。但为了什么事？他冒犯谁了吗？不管发生了什么事，国王都不应该这样对待自己的客人。现在，俄里翁胸中的怒火在熊熊地燃烧，他要报仇！

他跌跌撞撞地来到赫菲斯托斯的工坊，把火神的一个帮手扛在肩上，

猎户座图示

天空中的猎人

在赤道上方环绕地球一周的天空称为天赤道。猎户座就位于天赤道上，在任何一个地方、任何季节都可以观测到。三颗亮星连成一条斜线，构成猎人的腰带。又有四颗亮星，犹如一个箱子的四角，标示出猎人身体的轮廓。这七颗闪耀的恒星让猎户座成为夜空中最明显、最容易辨认的星座之一。

叫这个帮手带他去利姆诺斯岛，那是太阳升起的地方。到了那里，俄里翁一动不动地站着，仿佛一块石头。粉红色的黎明女神厄俄斯低头看到这个人坚毅的姿态，以为他在期盼黎明的到来。她满怀同情，从天空俯下身子，轻轻地亲吻了他的眼睛。俄里翁的双眼复明了，厄俄斯顿时陷入爱情，激动得浑身颤抖。

俄里翁从厄俄斯的怀抱中挣脱出来，他一心只想着找国王俄诺庇翁算账。俄诺庇翁听说俄里翁要来，吓得逃走了。此时的墨洛珀对他也已经没有了兴趣。俄里翁漫无目的地四处游荡，而可怜的厄俄斯却在为他朝思暮想。

俄里翁在提洛岛遇到了女神阿耳忒弥斯，并和她结伴一起打猎。阿耳忒弥斯从未遇到过可以和自己匹敌的射手。他们两个互相挑战，选的靶子一次比一次远。女神莫名地感到被这个强壮的男人吸引了。此前她从未渴望嫁人，但现在她感到那种奇怪的东西——爱情，在萌动。

阿耳忒弥斯的弟弟阿波罗很不愿意看着姐姐在这段感情中越陷越深。他希望姐姐保持本来的样子，继续做一个热爱自然的姑娘。

所以阿波罗想了一个办法骗阿耳忒弥斯。他知道俄里翁有两个名字，另一个是坎达恩。而且他知道，阿耳忒弥斯对这件事并不知情。巧的是，还有一个人也叫坎达恩，是个公认的邪恶之徒。阿耳忒弥斯十分憎恶这个坎达恩，因为他对她的一个追随者曾经有过野蛮的行为。有一天，俄

里翁在海里游泳。阿波罗指着他，对阿耳忒弥斯说，远处那个黑点就是坎达恩。愤怒的阿耳忒弥斯拿起弓箭，便朝那个人影射了一箭。然后她游过去，把尸体拖回来。

好悲惨啊！可恶又可恨的弟弟，竟然让姐姐射死了她唯一爱过的男人。可恶的欺骗，可怜的女神！阿耳忒弥斯和母亲勒托向父亲宙斯求助，于是宙斯将俄里翁升到天上，变为星座。

行踪不定的阿耳忒弥斯擅长射箭，无人能及。在遇到凡人俄里翁后，她才终于找到对手。对她来说，没有什么比这一点更迷人的了。这是女神唯一一次坠入爱河，不幸的是，结局却如此令人悲伤。

俄里翁一直过着散漫无序的生活，对别人向来漠不关心。永久地停留在天上之后，这一本性依然没变。阿耳忒弥斯对他念念不忘，经常对着他的英姿挥手致意。俄里翁欣然接受这份爱慕，却从不回应。

获得永生的英雄赫拉克勒斯

获得永生的英雄赫拉克勒斯①

特洛曾的国王安菲特律翁是一位勇猛的将军，作战时他喜欢把妻子阿尔克墨涅也带在身边。众神之王宙斯注意到了阿尔克墨涅的美貌，只是她已经有丈夫了，这有点麻烦。于是宙斯变作安菲特律翁的模样与她相会。九个月后，阿尔克墨涅生下两个男孩，一个是安菲特律翁的儿子伊菲克勒斯，一个是宙斯的儿子赫拉克勒斯。她不知道，这两个孩子根本就不是真正的双胞胎。

宙斯的王后赫拉发现他又有了一个情人，立刻像以前一样勃然大怒。赫拉决定惩罚宙斯和阿尔克墨涅的孩子。甚至在赫拉克勒斯出生前，赫拉对他的迫害就已经开始了。那时，另一位女子尼喀珀也有孕在身，她将要生下的孩子是欧律斯透斯。赫拉克勒斯和欧律斯透斯这两个未出世的孩子是堂兄弟，因为他们的祖父都是珀尔修斯。两个孩子谁先出生，将来谁就继承王位。所以，在欧律斯透斯出生前，赫拉将阿尔克墨涅的双腿打结系在一起，以此推迟赫拉克勒斯的出生。

但这只是暂时平息了赫拉的怒火。看着襁褓中的赫拉克勒斯，赫拉心中的愤恨与日俱增。于是，在赫拉克勒斯八个月大的时候，赫拉派两条蛇去害他的性命。当时，赫拉克勒斯和同母异父的兄弟伊菲克勒斯正在家里睡觉，两条巨大的蛇爬进屋里，在孩子们脸上方吐着开叉的芯子。

① 希腊神话中的男女众神都有罗马名字，但英雄们只有希腊名字。赫拉克勒斯是例外，他的罗马名字赫丘利更为人所熟知。

伊菲克勒斯吓得尖叫，但赫拉克勒斯却伸出手，一把抓住蛇的脖子。阿尔克墨涅和安菲特律翁闻声赶来，看到伊菲克勒斯正哇哇大哭，而赫拉克勒斯却在哈哈大笑，一只手里攥着一条已经断了气的蛇。而赫拉，只能气急败坏地咬自己的拳头。

赫拉克勒斯的父母大为惊异。这样特别的一个孩子，应当接受良好的教育，于是他们为他请来很多位老师。音乐老师因为他弹琴出错打了他，这下可糟了。小男孩勃然大怒，抄起一把鲁特琴就朝老师头上砸去，直接把老师打死了。他不是故意的，这个时候他还不知道自己的力气有多大。事后他感到十分后悔。

安菲特律翁却吓坏了，他担心儿子不小心再闯出大祸，便让他去乡间放牛。一头倒霉的猛狮碰巧在那一地区捕猎，这个十八岁的年轻人就

拳头与智慧

在古希腊，赫拉克勒斯是最著名的某一类型的英雄：他强壮、自信，又不畏艰难。但他也有轻率或愚笨的一面，习惯用拳头，而不是用智慧来解决问题。赫拉克勒斯屠戮生灵，战场上死在他手下的士兵不计其数，还有很多怪兽，也都死在他手下。他不停地犯错，每每事后也都很后悔，但从未改变自己解决问题的方式，从未从错误中吸取教训。不过他似乎也有比较轻松愉快的时候。希腊人尊敬他，但也会拿他开玩笑。

赫拉克勒斯与半人半马怪内萨斯搏斗

一个人去找这头狮子。他徒手勒死狮子，把狮皮披在身上，把张着大嘴的狮子头像戴头盔一样戴在自己的头上。

在回家的路上，赫拉克勒斯遇到一群人。他们是米尼安人的国王厄耳癸诺斯的使者，正前往忒拜收取贡品。原来，为平息过去的一桩争端，两国达成协议，忒拜每年都需要向米尼安人进贡一百头牛。很不幸，这些人言语中流露出对赫拉克勒斯的出生地忒拜的轻视。怒不可遏的赫拉克勒斯将他们的耳朵、鼻子和双手全部都割掉。厄耳癸诺斯愤而对忒拜开战，赫拉克勒斯率领军队击败了他们。

现在大家都知道了，千万不要跟赫拉克勒斯作对。但接下来还会发生更多残忍血腥的事件。忒拜国王把女儿墨伽拉嫁与赫拉克勒斯为妻，他们生了三个儿子。这时赫拉又妒火中烧，她让赫拉克勒斯突然陷入疯狂，把自己的儿子和两个侄子都扔进火堆。等赫拉克勒斯恢复正常，他大惊失色，对自己充满了憎恨。他自愿流亡，决定先去德尔斐的神庙请示神谕。

德尔斐神庙的女祭司叫他去迈锡尼的三座城市之一梯林斯，那里的国王会给他十件任务。完成这些任务后，他就会得到宽恕，并获得永生。赫拉克勒斯不知道的是，国王欧律斯透斯是听命于赫拉的。

赫拉克勒斯的第一件任务是除掉尼米亚猛狮，它出没于乡间，令百

姓惶恐不安。赫拉克勒斯用箭射这头狮子，箭没有射进它的身体，而是被弹了出来。于是他举起木棍追上去，把这只猛兽逼进一个山洞，并用手臂勒死它。赫拉克勒斯剥下狮皮，带回迈锡尼。欧律斯透斯看到狮皮，惊得目瞪口呆。这足以说明，赫拉克勒斯拥有举世无双的力量和勇气。从那以后，这位国王不再允许赫拉克勒斯进城，而是让他在城外等候命令。

第二件任务是杀死勒拿湖附近的许德拉。这是一只住在沼泽地里的九头怪兽，九个头中，中间那个是永生不死的。赫拉克勒斯与许德拉搏斗，把它摔在地上。每次他用木棍打掉许德拉的一个头，就有两个新的头长出来。更糟糕的是，许德拉还叫来一只巨蟹咬赫拉克勒斯的脚。赫拉克勒斯把巨蟹打了个粉碎，并且也叫了侄子伊俄拉俄斯来帮忙。伊俄拉俄斯带来一支燃烧的火把，现在赫拉克勒斯每打掉许德拉的一个头，伊俄拉俄斯就迅速用火把烧它的脖子，保证它不会再长出头来。赫拉克

赫拉克勒斯赎罪路上的第二件任务是杀掉许德拉。它的九个头同时向赫拉克勒斯伸过来。每次他砍掉一个，就有两个新的头长出来。

勒斯终于打掉怪物的最后一个头，并把这个头埋在一块巨石下。然后他把自己的箭插进许德拉的肝脏，蘸上苦胆汁，这样他的箭就成了毒箭。国王欧律斯透斯听到消息后摇了摇头。由于赫拉克勒斯得到了侄子的援助，这件任务不能算数。他必须完成十一件才行！

第三件任务是生擒刻律涅亚山上的牝鹿。那是一只长着金角的漂亮雌鹿，是女神阿耳忒弥斯的心爱之物。赫拉克勒斯整整追捕了一年，才在它越过一条小溪时将其轻微射伤，然后逮住它，扛回了迈锡尼。第四件任务是生擒厄律曼托斯山上的野猪。赫拉克勒斯把它逼入厚厚的积雪中，然后用绳子套住了它。第五件任务是在一天之内清理干净奥革阿斯牛棚中的牛粪。赫拉克勒斯按时完成了，但是他向奥革阿斯索要了报酬。国王欧律斯透斯宣布这一件也不算数，因为赫拉克勒斯做这件事的目的是为了得到报酬。所以现在他必须得完成十二件了！第六件任务是驱赶斯廷法罗斯湖畔的怪鸟，人们担心这些鸟会把狼引来。赫拉克勒斯先用响板惊起鸟群，然后抽出箭向它们射去。一些鸟中箭而死，其余的则仓皇飞走了。第七件任务是带回克里特岛上发狂的公牛。那头牛在岛上为

非作歹，尽人皆知，这一项任务赫拉克勒斯很快就完成了。第八件任务是从色雷斯把国王狄俄墨得斯的食人母马带回迈锡尼。赫拉克勒斯不得不先打败狄俄墨得斯的军队，杀掉这个国王，这两件他都做到了。

第九件任务是拿到亚马孙人的女王希波吕忒的腰带，第十件是去厄律提亚岛带回革律翁的牛群，第十一件是从仙女赫斯珀里得斯守卫的树上摘到金苹果，第十二件是带回冥界的看门犬刻耳柏洛斯。对赫拉克勒斯来说，每一件任务似乎都比上一件更难，实际上也确实如此，因为女神赫拉给他设置了重重阻碍。赫拉克勒斯不得不和半人半马怪搏斗，这些胸部以上是人、胸部以下是马的生灵十分狂野粗暴；他还杀掉一只海怪，那个海怪正要吃掉一个年轻女子；他还打死很多强盗，迎战过其他各种各样的挑战者。虽然这个过程无比艰难，但自始至终他从未懈怠。

最后，赫拉克勒斯的灵魂终于得到了净化，但这只是暂时的。他不断陷入愤怒—暴力—后悔的循环，终其一生都没有改变。

赫拉克勒斯为了完成赎罪的十二件任务，不得不和各种奇怪、凶残的生灵搏斗。或许最恐怖的一个就是刻耳柏洛斯了，那是一只三头猎犬，守在冥界入口处，不让关在那里的亡魂逃走。

赫拉克勒斯娶了卡吕冬国王的女儿得伊阿尼拉。有一次，他们要渡过一条危险的河。赫拉克勒斯自己过了河，而妻子得伊阿尼拉，他则雇了半人半马怪内萨斯渡她过河。内萨斯对赫拉克勒斯怀恨在心，因为在赫拉克勒斯完成十二项任务时，他们曾经作为敌对双方交过战。于是，这个半人半马怪便将得伊阿尼拉扑倒在地。赫拉克勒斯用一支蘸过许德拉毒血的箭射死了他。内萨斯临死前告诉得伊阿尼拉，如果有一天她需要给丈夫饮一剂爱的神药，用他的血就可以。鬼使神差地，得伊阿尼拉竟然相信了，她把这个怪物的毒血装在一个小药瓶里。

但赫拉克勒斯的生活中也不是只有悲观失望。他像普通人一样正常吃喝，只是吃得特别多，顶得上十几个人。他也喜欢参加宴会，最重要的是，他还很有幽默感。

而且赫拉克勒斯有时也能体现出真正的英雄精神。有一次他经过色萨利，来到一个城邦的国王阿德墨托斯家里。国王安排赫拉克勒斯独自用餐，赫拉克勒斯发现，这一家人都在默默地流泪。原来，国王的妻子阿尔刻提斯刚刚去世。说来令人难以置信，由于阿德墨托斯曾经得罪过女神阿耳忒弥斯，女神便要他以命相偿，不过如果有人愿意替他死，他就可以不必死。阿德墨托斯的父母不愿意做出这样的牺牲，但他的妻子阿尔刻提斯吻别了孩子们，为他献出了自己的生命。赫拉克勒斯不畏艰难，去了冥界塔耳塔洛斯，打败了冥王哈得斯，把阿尔刻提斯带回到阿

德墨托斯身边，终于没有让这样一位深情而又勇敢的女子枉死。

赫拉克勒斯无法忍受毒药带来的剧痛，堆起一个柴堆，把自己烧死了。

尽管如此，赫拉克勒斯的结局还是极其地痛苦。他的妻子得伊阿尼拉担心丈夫不像当初那样爱自己了，便送给他一件浸泡了半人半马怪毒血的披风，那血里沾染了许德拉的剧毒。赫拉克勒斯穿上披风，毒液开始侵蚀他的身体，他剧烈地扭动着，并发出痛苦的尖叫。他终于无法忍受这样的折磨，自己堆了一个柴堆，爬了上去。然后他把自己的弓箭送给一个叫菲罗克忒忒斯的年轻追随者，说服他把柴堆点着。赫拉克勒斯英雄的一生就这样在火光中结束了。

赫拉克勒斯化作团团轻烟升至天上，成为永生不朽的神。他的宿敌赫拉与他冰释前嫌。也许从一开始赫拉克勒斯的命运就已经这样写定了，因为他名字的寓意正是“赫拉的荣耀”。

漂泊海上的伊阿宋

漂泊海上的伊阿宋

伊俄尔科斯的国王珀利阿斯接到一道神谕，要他提防一个只穿一只凉鞋的人。这让他寝食难安，因为他的王位是从同母异父的弟弟埃宋那里抢来的，他还把埃宋的孩子们全部都杀掉了。一个人做出这种事，心情当然不可能轻松了。毕竟，龌龊的人总是担心发生糟糕的事。

实际上，在珀利阿斯大肆杀戮埃宋的家人时，埃宋的妻子阿尔喀墨得肚子里还有一个未出世的孩子。后来，阿尔喀墨得谎称孩子一出生就死了，并偷偷将这个叫伊阿宋的男孩送到了半人半马怪喀戎那里。喀戎是唯一一个正派的半人半马怪，他将负责把伊阿宋安全地养大，并让他受到良好的教育。在他的精心教导下，伊阿宋学会了打猎，熟悉了各门艺术，并对自然界有了一定的了解。

等伊阿宋长大成人，可以要回本该属于自己的王位了，他便踏上回乡之路。眼看离自己的出生地越来越近，伊阿宋的心激动得怦怦直跳。他只顾着赶路，慌忙间在过一条河时丢了一只凉鞋。在他终于到达伊俄尔科斯的那一天，国王珀利阿斯正在海边举办运动会。珀利阿斯看到一个光着一只脚的年轻人向自己跑来。糟糕！这跟神谕中说的一模一样。伊阿宋向珀利阿斯亮明身份，珀利阿斯一点也不惊慌。他说伊阿宋必须完成一项艰巨的任务，完成后，他就把王位让给他。这项任务很复杂。曾经有一头长着翅膀、毛色金黄的公羊，因为救了佛里克索斯王子的命，

被王子当作祭品献给了宙斯，但毛皮被保存了下来。现在，国王珀利阿斯要伊阿宋把金羊毛带回来。

金羊毛在遥远的科尔喀斯，挂在一棵橡树上，由一条从不睡觉的龙看守着。

这将是怎样的冒险啊！伊阿宋急于出发，立刻找人建造了一艘五十桨的大船。造船者叫阿耳戈斯，伊阿宋就称这艘船为“阿耳戈号”。驾船的五十个人被称为“阿耳戈英雄”，他们是希腊最好的水手。这里面有神的儿子和各个城邦的王子，赫拉克勒斯也在其中。

“阿耳戈号”载着伊阿宋和五十名船员，出发去寻找金羊毛。这是一趟艰难的旅程，途中险象环生，阴谋重重，最终的结局也充满了背叛和鲜血。

他们停留的第一站是利姆诺斯岛。那里的女人们，她们的丈夫都死了，她们很愿意为阿耳戈英雄们生育后代。伊阿宋娶了女首领，这个女人后来为伊阿宋生下一对双胞胎。

接下来，他们停泊在杜利奥纳人的城邦，当地人热情地接待了他们。但他们离开后，海上的狂风暴雨让他们辨不清方向，夜里又回到了杜利奥纳人的岸边，被误认成经常在夜间袭击他们的敌人。黑暗中，阿耳戈英雄们杀死很多人，国王本人也在打斗中不幸丧命。天亮后，英雄们看到自己犯下的错误，悲痛不已，他们为国王举行了隆重的葬礼。

第三站是米西亚。船上一个叫许拉斯的年轻人去打水喝，一个仙女被他的美貌吸引，把他劫持走了。一个叫波吕斐摩斯的人听到许拉斯的喊叫声，以为他遇到了强盗，便叫赫拉克勒斯一起去找他。赫拉克勒斯听说后，不顾一切地冲进森林深处去找许拉斯。最后，其余的阿耳戈英雄们不能再等了，没等他们回来就出发了。从那以后，就再也没有许拉斯的消息了。波吕斐摩斯建立了喀俄斯城，并做了那里的国王。赫拉克勒斯则回去继续完成他的十二项任务。

第四站是柏布律西亚人的城邦。那里的国王总是逼迫外乡人跟他比赛拳击，借此除掉他们。但阿耳戈英雄波吕丢刻斯却是拳击高手，他把国王打死了。柏布律西亚人大惊，立刻向这些外乡人发起攻击。阿耳戈英雄们只好一边逃跑，一边反击，杀死了很多人。

第五站是色雷斯的撒尔米德索斯。在那里，阿耳戈英雄们遇到了年迈的预言家菲纽斯。菲纽斯是一位国王，由于冒犯了神，他受到惩罚，双目失明，还要忍受哈比，即鸟身女妖，无休止的骚扰。每当他坐下来要吃饭的时候，两个女妖就来吃光他的食物，并留下一股臭气。菲纽斯向伊阿宋求救。这一次食物又摆好了，女妖立刻飞过来，但两位阿耳戈英雄把她们赶走了，她们永远都不会再回来了。然后这位老人同客人们一起享用美味佳肴，并告诉他们怎样才能顺利通过叙姆普勒加得斯。

叙姆普勒加得斯是海里的两块巨大的岩石，在风的作用下会互相碰撞。巨石笼罩在浓雾中，从来没有船只能顺利地从它们中间通过。但阿耳戈英雄们别无选择，科尔喀斯在巨石的另一边，他们必须从那里经过。

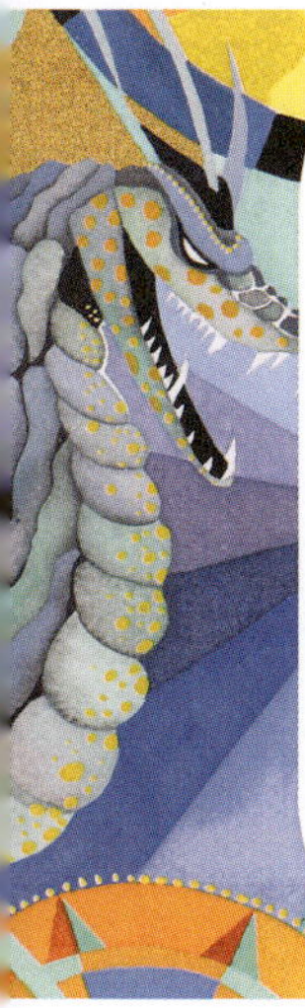

艰难的征程

伊阿宋为了寻找金羊毛，经历了一段漫长且困难重重的征程。这类故事在古希腊神话和史诗中反复出现，形成一个传统。赫拉克勒斯的十二项任务就是这个传统的一个体现，而荷马讲述的奥德修斯的故事则把这一故事类型推向了极致。特洛伊战争结束后，奥德修斯花了十年时间才返回故乡。其间，他智斗独眼巨人，勇闯冥府，数次遭遇暴风雨的袭击，曾经上当受骗，也曾深陷于女人的温柔乡。后来，罗马诗人维吉尔讲述了一个类似的故事，主人公是埃涅阿斯。

荷马讲述的奥德修斯故事中的一个场景

当“阿耳戈号”行至附近时，伊阿宋依照菲纽斯的建议，放出一只鸽子。鸽子顺利飞过，只被夹掉一根尾羽。“阿耳戈号”这才敢向前行驶。两块巨石向他们撞过来，但只撞到了船尾。从那以后，这两块岩石稳稳地屹立在海中，再也没动，因为一旦有船只通过，它们就不会再相撞了。

最后，“阿耳戈号”终于在科尔喀斯靠岸。伊阿宋来到国王埃厄忒斯面前，说自己需要拿走金羊毛。就那样，好像事情已经毫无悬念了。国王却提出了条件：他必须用轭套住两头高大狂野的铜牛，并且不能有人帮助，还要赶着铜牛犁地，把龙齿种进地里。如果他能做到这些，国王就把金羊毛给他。那两头牛长着铜蹄，还能喷火。伊阿宋一时间不知道该怎么办了。

但是美狄亚有办法。美狄亚是国王的女儿，同时也是一个女巫，她已经爱上这个勇敢的异乡人了。伊阿宋发誓永远爱她，于是美狄亚教给他对付铜牛的办法。首先，他要在身上涂抹一种药水，这可以保护他不被铜牛喷出的火烧伤。在铜牛冲过来时，伊阿宋用力给它们套上轭，然后一边犁地一边把龙齿种进地里。很快，很多身着盔甲的士兵从地里冒出来，一副随时准备进攻的样子。伊阿宋按照美狄亚的建议，向他们中间扔石头。那些士兵开始互相攻击，伊阿宋则趁机将他们杀掉。

美狄亚看着伊阿宋拿到了金羊毛。没有她的帮助，伊阿宋不可能完成这项任务。无论是用轭套住凶猛的铜牛还是把龙齿种进地里，还是给看守的龙下药，都离不开美狄亚的魔法。

国王埃厄忒斯看到伊阿宋完成了任务，知道一定有人帮忙，便勃然大怒，说要杀掉这些外乡人。美狄亚却偷偷地和伊阿宋来到橡树下，用另一种有魔法的药水让看守的龙睡着，拿到了金羊毛。然后他们迅速回到“阿耳戈号”，并立刻向家乡返航，船上还带着美狄亚的弟弟阿布绪尔托斯。

国王埃厄忒斯紧随其后追了上来。这时美狄亚把弟弟杀死，把尸体扔进了海里。国王停下来为惨死的儿子收尸，“阿耳戈号”则趁机逃走了。但是美狄亚这样残忍地杀害无辜的弟弟，激起了宙斯的愤怒。宙斯告诉

伊阿宋，“阿耳戈号”必须去埃埃亚岛找仙女喀耳刻，她会让他们的灵魂得到净化。伊阿宋依言而行，仙女为他们涤除了罪恶，他们继续向家乡航行。

但麻烦没有结束，他们还要经过塞壬女妖所在的三座小岛。凡是见过塞壬女妖的，没有一个人活下来，所以她们究竟是什么样子，人们也无从知晓。传言说她们是有着惊人美貌的美人鱼，但却以人为食，极其残忍。塞壬的歌声令人着迷，人们听到后就自然向她们靠近。于是船只撞到岛上，水手们从此音信全无。在“阿耳戈号”行至附近时，伊阿宋命船上的英雄俄耳甫斯弹起里拉琴，因为他弹奏里拉琴的技艺可以跟阿波罗相媲美。俄耳甫斯高声弹奏，他的琴声盖过了塞壬女妖的歌声。

“阿耳戈号”躲过一劫又一劫，寻找金羊毛的历险终于在四个月后结束了。

“阿耳戈号”经过塞壬女妖所在的小岛。这些女妖每每用迷人的歌声诱惑路过的水手，让他们有去无返。因此，俄耳甫斯大声弹奏里拉琴，阿耳戈英雄们得以安全经过此处。

但国王珀利阿斯却无意让出王位。于是美狄亚把珀利阿斯的女儿们叫来，向她们展示了一项神奇的魔法。美狄亚准备了一口煮着沸水的大锅，水里放了特殊的药草。她把一只老绵羊砍成几块，扔进锅里。那只绵羊却变作一只刚出生的小羊羔，跳了出来。珀利阿斯的女儿们相信，美狄亚能用同样的方法让她们日益年迈的父亲变成一个年轻人。当然，美狄亚这次没有放那些有魔法的药草，姑娘们的行为导致自己的父亲惨死。

因为这件事，美狄亚和伊阿宋被驱逐出伊俄尔科斯。他们逃往科林斯，在那里生活了十年。这时，科林斯的国王提出，要把女儿格劳刻许配给伊阿宋。伊阿宋毫不顾及美狄亚的感受，准备迎娶科林斯公主。他怎么会把美狄亚当成一个可以随意对待的人，这一点令人很费解。美狄亚送给格劳刻一件在毒药中浸泡过的长袍，姑娘穿上袍子，瞬间被熊熊燃起的大火吞没。接着美狄亚杀死了她和伊阿宋所生的几个儿子，逃到雅典，嫁给了雅典国王埃勾斯。

很多年以后，伊阿宋要回了伊俄尔科斯的王位，他后来生的一个儿子成为那里的国王。伊阿宋自己的一生是在平静中结束的。破旧的“阿耳戈号”停在岸上，伊阿宋在船下睡着了，船尾忽然掉落，砸在了他身上。有人说他罪有应得，因为他没有遵守永远爱美狄亚的诺言。

雅典国王忒修斯

雅典国王忒修斯

雅典国王埃勾斯因为没有子嗣而郁郁寡欢。他曾经去过希腊南部，在特洛曾停留期间遇到了国王的女儿埃特拉并爱上了她。第二天早上，他把一把宝剑和一双凉鞋放进一个小洞里，然后用一块大理石堵上洞口。他叮嘱埃特拉，如果她生下一个男孩，等孩子长大，能挪开石头拿到下面的东西了，就叫孩子去雅典找他。

埃特拉果然生下一个男孩。这个叫忒修斯的孩子比别的孩子长得都快，也比同龄人更强壮，很快就能挪开那块大石头了。外祖父为他准备好了船，打算让他乘船去雅典。但忒修斯决定从陆地上走，尽管这样更危险。他很喜欢大英雄赫拉克勒斯的故事，也想证明自己的力量，成为像赫拉克勒斯那样大名鼎鼎的英雄。实际上，他们还是亲戚呢。

忒修斯做到了。一个叫佩里斐忒斯的劫匪总是用棍子打死路人，忒修斯就用那根棍子把他打死了，然后把棍子拿走，当作自己的武器。一个叫西尼斯的强盗喜欢把两棵松树扳弯，把树枝按到地上，然后把人绑到树枝上，放开树，树枝弹起，人因此而丧命。忒修斯如法炮制，把西尼斯杀死了。一个叫斯喀戎的劫匪，强迫被他抓到的人跪下给他洗脚，然后他一脚把他们踢到海里，让他们沦为大龟的腹中之物。这次，忒修斯把他扔下悬崖，让下面的岩石和海浪迎接他吧。一个叫刻耳库翁的强盗，总是逼迫别人和他摔跤，然后把别人摔死，这次终于轮到他被忒修斯摔死了。一个叫普罗克汝斯忒斯的劫匪，他有两张铁床，被抓到的人必须躺上去，个子矮的躺到长床上，被拉扯至死，个子高的躺到短床上，长出来的腿脚被砍掉。忒修斯就让他也躺上去。对待每个恶人，他都是以其人之道还治其人之身。这就是忒修斯所理解的正义——以眼还眼，以牙还牙，也是当时人们的共识。忒修斯清除了沿途的强盗，深受人们爱戴。另外，这个高大健壮的小伙子还曾除掉一头凶恶残暴的母猪。真是大快人心。就这样，他人还没到雅典，美好的名声就已经传到了那里。

国王埃勾斯不知道这个叫忒修斯的外乡人就是自己的儿子。他怕这个享有盛名的年轻人越来越受欢迎，然后人们会把他赶下台，让忒修斯当他们的国王。埃勾斯此时的妻子是一个叫美狄亚的巫师，她曾经是伊阿宋的妻子。美狄亚建议埃勾斯毒死忒修斯，于是埃勾斯便设宴欢迎这

忒修斯大战米诺陶洛斯

伟大的思想者

忒修斯跟赫拉克勒斯一样，也是大名鼎鼎的英雄，但他属于另外一个类型。他勇敢、强壮，同时也善于思考。他是用聪明才智和同情心去解决问题的。忒修斯是雅典的统治者，那里是民主的发源地，也诞生了一批最伟大的思想家。苏格拉底以伦理学闻名于世，柏拉图关于逻辑学和数学的论述广为人知。埃斯库罗斯和索福克勒斯写出了不朽的悲剧。欧里庇得斯则在戏剧中展现了女性、奴隶，以及无权势者的智慧。现代思想从古代雅典受益良多。

位年轻的英雄，美狄亚则亲手把毒酒递给他。但忒修斯急于和父亲相认，没顾上喝就拿出了自己的宝剑。埃勾斯一眼就认出了那把剑，立刻把毒酒打翻在地。忒修斯去追赶美狄亚，但没有追上。这个女巫当然清楚事情的后果有多严重，眼看诡计没有得逞，她慌忙逃跑了。

于是，国王宣布忒修斯为继承人，而这个年轻人也很快就看到一个契机，可以帮他赢得人民的好感。很多年以前，克里特岛的国王米诺斯派独子来雅典访问。雅典国王埃勾斯犯了一个严重的错误，他派这个小王子去杀一头公牛，结果王子却因此而丧命。米诺斯悲痛得发狂，他带兵入侵雅典，并要求他们每九年进贡少男少女各七名，否则就放火将整个城邦夷为平地。这十四个人是用来喂米诺陶洛斯的。

米诺陶洛斯是最不幸的一只怪兽。很久以前，海神波塞冬送给米诺斯一头公牛，要米诺斯把这头牛杀了，献祭给他本人。这头牛太漂亮了，米诺斯不忍心杀掉它，就偷偷地把它留下来，用别的牛向海神献祭。波塞冬大怒，让米诺斯的妻子帕

多亏了阿里阿德涅的妙计，忒修斯进入迷宫，并找到了返回的路。阿里阿德涅叫他带着一团线进去，边走边放开线团，这样就做好标记了。

西法厄爱上这头牛。他们结合，生下了米诺陶洛斯。米诺陶洛斯是一个牛头人身的怪物，跟半人半马怪一样，也很喜欢吃肉。那十四个雅典人就是给他吃的。

忒修斯来到雅典时，恰逢下一批进贡的少男少女几天后就要出发。十四个年轻人将乘船去往克里特岛，船上挂着黑帆，以示哀悼。忒修斯提出，他要替下其中的一个少年。临行前他告诉父亲，他一定会杀掉米诺陶洛斯，回来时换上代表欢庆的白帆。

米诺陶洛斯住在一个专门为他建造的迷宫里，那里的通道都是环形的，谁也不可能逃出来。当这些雅典的年轻人被押着走在克里特岛的街道上，走向他们最恐怖的命运时，当地人怀着复杂的心情看着这一幕。他们既感到恐怖，又心存感激，幸好去喂那怪兽的不是自己家的孩子。国王的女儿阿里阿德涅从阳台上突然看到忒修斯的身影，瞬间坠入爱河。阿里阿德涅叫人把忒修斯带来，说如果他答应娶她为妻，她就告诉他逃出迷宫的办法。忒修斯答应了，阿里阿德涅给了他一团线。到时候他只

雅典国王忒修斯

需要把线的一端系在迷宫入口处的门上，然后一边往里走，一边放开线团，这样就可以顺着线找到返回的路了。她是从迷宫的设计者代达罗斯那里学到这一招的。

忒修斯没有用石头或刀，而是赤手空拳打死了米诺陶洛斯。也许是怪兽的凶残激起了他自身残暴的一面。

忒修斯小心翼翼地往里走，像一头小山羊一样悄悄地爬过一块块大石头。他发现米诺陶洛斯正在睡觉，他的头趴在胸前，头上长着两只粗壮的角。忒修斯蹑手蹑脚地来到他跟前，这个庞然大物呼出的鼻息里有一股难闻的血腥味，这让忒修斯不禁心跳加速。事情到这一步，不是鱼死，就是网破。忒修斯赤手空拳朝怪物打了过去，怪物醒了，眼睛里满是悲伤。忒修斯的拳头如雨点般落下，同时又像野马的蹄子一样有力。直到双拳都是血，他也没停下来。一直到除了他的拳头以外什么都静止不动了——周围只剩下一片死寂，他还在打。那个可怜的生灵还没反应过来怎么回事，就一命呜呼了。

忒修斯带领着雅典的年轻人，顺着用线做的标记回到迷宫门口。他又找到阿里阿德涅，众人一起登上船，向雅典航行。途中他们在纳克索斯岛稍作停留，那里是酒神狄俄尼索斯居住的地方。在岛上，忒修斯做了一生中最不光彩的一件事。他看了一眼在海滩上睡觉的阿里阿德涅，意识到自己现在还不想结婚，至少是不想跟这个女人结婚。于是他抛弃了熟睡中的阿里阿德涅，悄悄起航离开了纳克索斯岛。幸好这位姑娘和狄俄尼索斯相处得很好，并结为了夫妻。而忒修斯匆忙间忘了换上白帆，

国王埃勾斯看到黑帆，仿佛看到米诺陶洛斯满嘴都是儿子的鲜血，便跳崖而亡。

忒修斯和他的亲戚赫拉克勒斯一起与亚马孙人交战，杀了很多人。但忒修斯娶了美丽的亚马孙女王安提俄珀为妻，并把她带回了雅典。

痛失父亲的忒修斯成为雅典国王，但他并不迷恋权力。恰恰相反，他把人们召集在一起，让他们对重要事项进行公开表决。忒修斯创立了有史以来第一个民主政体。并且他现在处理起事情来也更加明智了，与早年铲除强盗时的做法大不相同。忒拜人和阿耳戈斯人之间曾经发生过战争，但忒拜人拒绝埋葬阿耳戈斯士兵的尸体。忒修斯知道后，便带领军队去攻打忒拜。他征服了忒拜人，让他们埋葬了死者，然后就离开了，丝毫没有伤害他们。忒修斯的亲戚赫拉克勒斯发疯时害死自己的家人，他也站在赫拉克勒斯的一边，说在那种情况下犯的错不能算作罪恶，赫拉克勒斯不应该自杀，而要想

办法寻求平静。忒修斯不再奉行以牙还牙式的正义，而是学会了仁慈。

不过他一直都很喜欢冒险。他曾陪赫拉克勒斯与亚马孙女勇士作战，并娶了其中的一个为妻，那些女人可是以凶悍闻名于世的。他还曾帮国王庇里托俄斯大战半人半马怪，因为他们在一场婚礼上喝醉了酒，袭击了新娘。他还迷恋过一个美丽的斯巴达少女，名叫海伦。明知道斯巴达拥有世界上最凶猛的军队，他还是劫持了她。忒修斯本来是想娶海伦为妻的，但在他去冥界塔耳塔洛斯进行另一项冒险时，斯巴达人入侵雅典，救回了海伦。

跟赫拉克勒斯一样，忒修斯的结局也很悲惨。不知为什么，他不再受雅典人爱戴，并被赶到了斯库罗斯岛。在那里，国王吕科墨得斯把他推下深渊，一代英雄的一生就这样结束了。

倾城美人海伦

倾城美人海伦

弗提亚国王珀琉斯即将迎娶仙女忒提斯。这位女神步履轻盈，走起路来双足仿佛银色的月光在流动。他们邀请男女众神参加他们的婚礼，唯独没有邀请不和女神厄里斯，因为她总是到处制造矛盾。厄里斯很生气，决意毁掉这场婚礼。她把一个写着“给最美女子”字样的苹果扔到了宾客中间。自然，所有女神都想得到这个苹果。但最后只有三位最有权势的女神——赫拉、雅典娜和阿佛洛狄特说苹果该归自己。她们争执不下，就请宙斯做裁判。傻瓜才干这种事呢。宙斯立刻想到了帕里斯，他是遥远的特洛伊城的王子。这位王子的母亲赫卡柏曾经做过一个可怕的梦，王子的父亲，也就是国王普里阿摩斯，对这个梦做了最坏的解释：他们的儿子有一天会给这个城邦带来灭顶之灾。于是普里阿摩斯就让帕里斯去伊达山放羊，希望以此远离是非，躲过灾祸。这位被放逐的王子娶了仙女俄诺涅为妻，看起来生活得幸福美满。帕里斯就是一个傻子，宙斯是这么认为的。让他来做这件事，再完美不过了。于是宙斯让三位女神去问帕里斯。

女神们对此很不以为然，毕竟，美又不是一件客观的事。三位女神开始收买裁判。赫拉许诺给帕里斯政治权力，他可以统治整个欧罗巴和亚细亚。雅典娜许诺给他军事能力，他能够率领特洛伊军队与希腊人作战，并打败他们。阿佛洛狄特则答应给他爱的神力，他可以娶到人间最美的女子。帕里斯选择了阿佛洛狄特，并马上去找女神索要许诺给他的妻子。至于可怜的仙女俄诺涅，他再也没有回头看一眼。

人间最美的女子是谁？当然是宙斯的一个女儿。斯巴达国王廷达瑞俄斯的妻子勒达拥有举世无双的雪白肌肤，又目似点漆，唇若丹霞，齿如含贝，气若兰香。她步履轻盈，神情自若，似乎对一切都不以为意。真是个理想的目标。宙斯变作一只硕大的白天鹅——他认为勒达会喜欢——与这位美女相会。勒达孕育了四个孩子：男孩卡斯托尔和女孩克吕泰涅斯特拉是廷达瑞俄斯的孩子，男孩波吕丢刻斯和女孩海伦是宙斯的孩子。

海伦十岁的时候，她的美貌已经远近闻名。她身上有母亲的优雅，但不止于此，还有一种更令人动容的美。等海伦长到十二岁的时候，求

眼眸低垂的海伦

红颜祸水[1]

在不同国家的很多神话传说中，都有令人神魂颠倒的绝世美女。凯尔特人的传说中有梅芙女王，印度有迷人的摩西妮，而古希腊则有阿佛洛狄特和海伦。这些倾国倾城的女子通常并非空有美色，还有着其他的过人之处，比如梅芙女王就是一名所向披靡的勇士。但这些女人也经常带来灾祸，所以被称为“红颜祸水”。为了争夺海伦，希腊和特洛伊之间的战争持续了十年，双方都有很多位勇士丧命。海伦可能是最“致命”的“红颜”了。

① 原文为法语，字面意思为“fatal woman”（致命的女人）。

婚者已经络绎不绝。伟大的英雄忒修斯甚至偷偷把她劫走了，不过后来她被她的哥哥们救了回去。国王廷达瑞俄斯担心，如果自己从众多求婚者中选择一个，可能会引发争斗。于是他让所有求婚者都郑重承诺，不论谁成为海伦的丈夫，大家都要支持他。就这样，廷达瑞俄斯选了墨涅拉俄斯做海伦的丈夫，他是迈锡尼国王阿伽门农的弟弟。廷达瑞俄斯让出王位，墨涅拉俄斯成为斯巴达的国王。海伦为丈夫生了一个女儿，叫赫耳弥俄涅。做了母亲以后，海伦的眼睛越发有神，脸庞越发圆润，她真的更加风姿绰约了。

特洛伊王子帕里斯出发去找海伦。他带着很多艘船来到斯巴达，国王墨涅拉俄斯盛情款待了他，丝毫没有察觉这位王子的企图。在帕里斯到达斯巴达的第十天，墨涅拉俄斯去克里特岛参加一场葬礼。当天夜里，海伦经不住帕里斯反复劝说，最终抛弃自己的家庭，跟他一起逃往特洛伊。

墨涅拉俄斯向海伦曾经的求婚者求助，希腊有权势的人几乎都在其中。他们曾经向廷达瑞俄斯做出承诺，现在兑现承诺

特洛伊王子帕里斯偷偷带走希腊王后海伦，希腊士兵登上战船，越过爱琴海，向特洛伊宣战，由此拉开了十年苦战的帷幕。

的时候到了。一千艘战船准备起航，向东方进发。

但海面上没有风，船只能停在原地不动。迈锡尼国王阿伽门农是整个希腊联军的统帅，也是墨涅拉俄斯的哥哥，海伦的姐姐克吕泰墨斯特拉的丈夫。阿伽门农射杀了一只牡鹿，便吹嘘说自己比女神阿耳忒弥斯还会打猎。这真是一个愚蠢至极的错误，将给他带来巨大的灾祸。阻止起风的正是阿耳忒弥斯，她要求阿伽门农把他看到的第一个女孩杀掉献祭，只有这样她才会让船起航。阿伽门农的车转过弯，他看到的竟是自己可爱的女儿伊芙琴尼亚，那也是海伦的外甥女。这让他陷入深深的矛盾和痛苦中。万般无奈之下，这位国王只能将自己的女儿斩首。这实在是太残酷了。

风呼啸而起，战船终于起航。指挥这支舰队的是一个只有十五岁的年轻人，叫阿喀琉斯，他是国王珀琉斯和仙女忒提斯的儿子。引发这一切的祸端正是这两位的婚礼。在阿喀琉斯还是个婴儿的时候，忒提斯为了让他永生不死，把他带到冥界塔耳塔洛斯，让他全身都浸到了冥河的水。但由于忒提斯当时抓着他一只脚的脚后跟，那里没碰到冥河的水，

所以仍然会受伤。忒提斯知道儿子注定会死在战场上，所以在希腊对特洛伊宣战时，她已经提前把阿喀琉斯打扮成女孩的模样，藏在了另一个城邦的王宫里。但奥德修斯给乔装打扮的阿喀琉斯设了一个圈套。他来到阿喀琉斯所在的王宫，拿出很多漂亮的珠宝和锋利的匕首给女眷们看。其中一个女孩对珠宝视而不见，眼睛却一直紧盯着那些匕首。就这样，奥德修斯认出了年轻的阿喀琉斯，并拉着他上了战场。

而在特洛伊，成千上万的青年聚集起来，准备为荣誉而战。国王普里阿摩斯的儿子赫克托耳是特洛伊最伟大的勇士，也是帕里斯的哥哥。与帕里斯不同，赫克托耳为人诚实可靠，遇事也善于思考。他跟希腊人阿喀琉斯一样，明知这场战争一定会有伤亡，还是勇敢地拿起了武器。

看到他们了吗？看这些值得尊敬的年轻人，武装到了牙齿，明知战争会血流成河，还是满怀勇气和希望。看他们在众神的鼓动下日复一日，年复一年地战斗，就像众神棋盘上微不足道的小兵小卒。看他们的忠心接受考验，看他们的荣誉感日益增强。为他们哭泣吧，为所有的士兵，为他们的家人，为这个世界哭泣吧。

勇士们聚集在一起，手持坚盾和利剑，随时准备战斗。两个国家的青年为了荣誉和忠诚而战。可惜，这场战争更多的只是一场博众神一笑的游戏而已。

自负到发狂的阿波罗拒绝让战争结束。九年来双方轮流占据上风，谁也不肯示弱。阿喀琉斯杀死了可亲可敬、忠心耿耿的赫克托耳，拖着他的尸体狂奔，让他身上沾满了污泥，战争能让一个人失去理智。接下来帕里斯又射死了伟大的勇士阿喀琉斯。双方都损失惨重，但还是继续厮杀。他们已经变得麻木不仁，只是盲目地打打杀杀。

在希腊和特洛伊交战的第十年，一位预言家说，没有赫拉克勒斯的弓箭，就攻不下特洛伊。可是赫拉克勒斯已经死了，自焚于亲手堆起的柴堆之中。不过他临死前把弓箭送给了好友菲罗克忒忒斯。菲罗克忒忒斯十年前也登上了来特洛伊的战船，但中途停在利姆诺斯岛时，他被海蛇咬伤了。大家都知道，被海蛇咬伤是必死无疑的，所以菲罗克忒忒斯被同伴抛弃在了岛上。现在奥德修斯带着一群人回到利姆诺斯岛，寻找赫拉克勒斯的弓箭。令人惊奇的是，菲罗克忒忒斯还活着。他们把他带回特洛伊，他一箭射死了帕里斯。

但战争依然没有结束，因为海伦还被藏在特洛伊城里，国王墨涅拉俄斯想要她回来。奥德修斯忽然想出一个妙计，他提议建造一匹巨大的木马，让希腊最优秀的战士藏在木马里，其余的则埋伏在城外。

特洛伊人看到战场上只有一匹木马，以为希腊人留下这个示好的礼物后逃走了。他们打开城门，把木马拉进城。卡珊德拉警告大家，木马里藏着希腊勇士，他们会毁灭整个特洛伊城。卡珊德拉是死去的赫克托耳和帕里斯的妹妹，国王普里阿摩斯和王后赫卡柏的女儿。可是没有人相信她的话。这份预知未来的能力既是她的天赋，又是她的诅咒，因为永远没有人会相信她。

海伦警惕地看了看木马，一边围着它转，一边用战士们妻子的声音大声喊他们的名字。里边的人开始躁动不安，几乎都要信以为真了，但奥德修斯让他们安静下来。于是海伦便认为卡珊德拉的话不足信，回去休息了。

深夜，希腊士兵爬出木马，打开城门，把埋伏在外面的军队放进来。特洛伊士兵在睡梦中惨遭屠戮。墨涅拉俄斯找到海伦，把她带回船上。希腊人放火将特洛伊城夷为平地，然后离开了。

海伦为那些无辜的生命感到痛心，是自己屈服于帕里斯的引诱，才导致这么多人丧命。但实际上所有这一切，从海伦那惊世骇俗的美貌到这场旷日持久的战争，都是无所事事的众神所为。

希腊人建造了一匹巨大的木马，并把士兵藏在里面。特洛伊人接受了这件“礼物”，把木马拖进城。就这样，战争终于结束了，真是一场绝妙的骗局。

希腊历史大事年表

公元前 1900 年

被称为迈锡尼人的印欧语系部族侵占希腊，并带来了他们的语言。大约也是在这一时期，古希腊语逐步发展成形。我们的神话故事最初就是用这种语言写成的。

公元前 1400 年

迈锡尼人的势力范围扩展至克里特岛。雅典成为重要的商贸中心。

公元前 1100 年至公元前 800 年

迈锡尼文明逐渐式微，代之以信奉本书中神话的新文明。有城墙环绕且自治的城邦兴起。

约公元前 800 年

希腊字母表形成。此后希腊大多数重要作品都是用这套字母写成的。

约公元前 750 年至公元前 650 年

古希腊诗人赫西奥德与荷马第一次向人们打开希腊神话的世界。赫西奥德的《神谱》描述了世界的起源和众神的谱系。荷马史诗《伊利亚特》讲的是特洛伊战争，《奥德赛》讲的是奥德修斯从特洛伊返回希腊的漫长历程。

公元前 550 年

雅典成为希腊公认的文化中心。希腊，尤其是雅典，成为接下来三百年间戏剧艺术的中心。

约公元前 525 年至公元前 456 年

剧作家埃斯库罗斯生活的年代。他的悲剧至今仍有人研究，并不断出现在舞台上。他的剧作《俄瑞斯忒亚》讲的是国王阿特柔斯家族蒙受诅咒的故事。

约公元前 496 年至公元前 406 年

剧作家索福克勒斯生活的年代。他的悲剧至今仍广为人知，其中最有名的一部叫《俄狄浦斯王》，讲的是一个年轻人爱上自己母亲的故事。

约公元前 480 年至公元前 406 年

剧作家欧里庇得斯生活的年代。他的悲剧独树一帜，其中女性通常扮演着重要的、强有力的角色，奴隶通常都很聪明，而众神和英雄则常常遭到嘲讽。

公元前 469 年至公元前 399 年

哲学家苏格拉底生活的年代。他的著作奠定了西方哲学的基础。

公元前 427 年至公元前 347 年

苏格拉底的学生柏拉图生活的年代。他的学生记录下他的对话，这些对话对哲学、语言、数学、逻辑学及伦理学的发展至关重要。

公元前 70 年至公元前 19 年

古罗马诗人维吉尔写出《埃涅阿斯纪》。这部史诗讲述的是特洛伊战士埃涅阿斯在战后四处漂泊流浪的故事。埃涅阿斯是神话中古罗马人的祖先。

约公元元年

古罗马诗人奥维德在公元元年前后写出的几部作品让我们得以比较全面地了解罗马神话，其中有罗马本地的神话，也有来自希腊的舶来品。

人物介绍

男女众神

希腊名：阿佛洛狄特
罗马名：维纳斯
头衔：爱与美之神
世代：奥林匹斯山诸神
标志：扇贝、香桃木、鸽子、麻雀、腰带、镜子、天鹅
出生地：塞浦路斯岛附近的海中
配偶：赫菲斯托斯
父母：乌拉诺斯

希腊名：阿耳忒弥斯
罗马名：狄安娜
头衔：狩猎女神
世代：奥林匹斯山诸神
标志：弓箭、鹿、野山羊、野猪、鹌鹑
出生地：奥提伽岛
父母：宙斯、勒托

希腊名：阿波罗
罗马名：阿波罗
头衔：音乐之神
世代：奥林匹斯山诸神
标志：里拉琴、月桂花冠、鹰、渡鸦、幼鹿
出生地：提洛岛
父母：宙斯、勒托

希腊名：雅典娜
罗马名：密涅瓦
头衔：智慧女神
世代：奥林匹斯山诸神
标志：橄榄树、埃癸斯之盾、猫头鹰、蛇、纺纱杆
出生地：不详
父母：宙斯、墨提斯

希腊名：阿瑞斯
罗马名：玛尔斯
头衔：战神
世代：奥林匹斯山诸神
标志：长矛、剑
出生地：不详
父母：宙斯、赫拉

希腊名：克洛诺斯
罗马名：萨杜恩
头衔：提坦王
世代：提坦神
标志：无
出生地：来自盖娅体内
配偶：瑞亚
父母：乌拉诺斯、盖娅

男女众神

希腊名：得墨忒耳
罗马名：克瑞斯
头衔：丰收女神
世代：奥林匹斯山诸神
标志：麦穗、火炬、祭祀礼器
出生地：不详
父母：克洛诺斯、瑞亚

希腊名：哈得斯
罗马名：普路托
头衔：冥王
世代：奥林匹斯山诸神
标志：隐身头盔、双轮马车与马、权杖
出生地：不详
配偶：珀尔塞福涅
父母：克洛诺斯、瑞亚

希腊名：狄俄尼索斯
罗马名：巴克斯
头衔：酒神
世代：奥林匹斯山诸神
标志：葡萄藤、公牛、常春藤
出生地：不详
配偶：众多
父母：宙斯、塞墨勒

希腊名：赫利俄斯
罗马名：索尔
头衔：太阳神
世代：提坦神
标志：双轮马车
出生地：不详
父母：许佩里翁、忒伊亚

希腊名：盖娅
罗马名：盖娅
头衔：大地女神
世代：原始神
标志：母牛
出生地：虚无
配偶：乌拉诺斯
父母：来自混沌之神卡俄斯

希腊名：赫菲斯托斯
罗马名：伏尔甘
头衔：火神
世代：奥林匹斯山诸神
标志：火、锤子、铁砧、工坊、风箱
出生地：不详
配偶：阿佛洛狄特
父母：赫拉

男女众神

希腊名：赫拉
罗马名：朱诺
头衔：婚姻女神
世代：奥林匹斯山诸神
标志：孔雀、新娘面纱、杜鹃
出生地：不详
配偶：宙斯
父母：克洛诺斯、瑞亚

希腊名：塞勒涅
罗马名：卢娜
头衔：月神
世代：提坦神
标志：银色双轮马车、新月
出生地：天空
配偶：恩底弥翁
父母：许佩里翁、忒伊亚

希腊名：赫尔墨斯
罗马名：墨丘利
头衔：众神信使
世代：奥林匹斯山诸神
标志：带翅的凉鞋、宽檐帽、公羊、用龟壳制成的里拉琴
出生地：库勒涅山洞
父母：宙斯、迈亚

希腊名：乌拉诺斯
罗马名：乌拉诺斯
头衔：天空之神
世代：原始神
标志：无
出生地：各处，彼时世界尚未定型
配偶：盖娅
父母：盖娅

希腊名：赫斯提
罗马名：维斯塔
头衔：灶神
世代：奥林匹斯山诸神
标志：炉火
出生地：不详
父母：克洛诺斯、瑞亚

希腊名：宙斯
罗马名：朱庇特
头衔：众神之王
世代：奥林匹斯山诸神
标志：雷电、权杖、天平、埃癸斯之盾、鹰、狮子、王座
出生地：奥林匹斯山
配偶：王后为赫拉，另娶多位女神及凡间女子为妻
父母：克洛诺斯、瑞亚

希腊名：波塞冬
罗马名：尼普顿
头衔：海神
世代：奥林匹斯山诸神
标志：三叉戟、马、公牛
出生地：不详
配偶：美杜莎，后娶欧律阿勒
父母：克洛诺斯、瑞亚

英雄与凡人

希腊名：海伦
称谓：倾城美人
出生地：斯巴达
配偶：墨涅拉俄斯
父母：宙斯、勒达

希腊名：珀尔修斯
称谓：厄运英雄
出生地：阿耳戈斯
配偶：安德洛墨达
父母：宙斯、达那厄

希腊名：赫拉克勒斯
罗马名：赫丘利
称谓：获得永生的英雄
出生地：特洛曾
配偶：墨伽拉，后娶伊阿尼拉
父母：宙斯、阿尔克墨涅

希腊名：忒修斯
称谓：雅典国王
出生地：特洛曾
配偶：阿里阿德涅，后娶亚马孙女子
父母：埃勾斯、埃特拉

希腊名：伊阿宋
称谓：海上漂泊者
出生地：伊俄尔科斯
配偶：美狄亚，后娶格劳刻
父母：埃宋、阿尔喀墨得

希腊名：俄里翁
称谓：猎手
出生地：不详
配偶：单身
父母：波塞冬、欧律阿勒

图书在版编目（CIP）数据

希腊神话 /（美）唐娜·乔·纳波利
（Donna Jo Napoli）著 ；（英）克里斯蒂娜·巴利特
（Christina Balit）绘 ；步朝霞译. -- 南京 ：译林出
版社，2024.5（2025.12重印）
（国家地理神话故事宝库）
书名原文：Treasury of Greek Mythology
ISBN 978-7-5447-9798-6

Ⅰ.①希… Ⅱ. ①唐… ②克… ③步… Ⅲ. ①神话－
作品集－希腊 Ⅳ. ①I545.73

中国国家版本馆CIP数据核字（2023）第203800号

All artwork by Christina Balit unless otherwise noted below:
5, keren-seg/ Shutterstock; 9, Byron W.Moore/ Shutterstock; 15, jaimaa/ Shutterstock; 21, stoyanh/ Shutterstock; 22-23, Christina Balit; 27, Araldo de Luca/ Corbis; 33, Murat Taner/ Getty Images; 39, Photolibrary.com; 45, Erich Lessing/ Art Resource, NY; 51, Hunor Focze/ Shutterstock; 57, Arte & Immagini srl/ Corbis; 65, Stapleton Collection/ Corbis; 71, Jose AS Reyes/ Shutterstock; 75, The Bridgeman Art Library/ Getty Images; 81, Kevin Carden/ Shutterstock; 87, PoodlesRock/ Corbis; 93, Sandro Vannini/ Corbis; 99, Igor Kovalchuk/ Shutterstock; 105, NASA; 111, Christopher Boswell/ Shutterstock; 117, Bettmann/ Corbis; 127, David Aguilar; 133, Danilo Ascione/ Shutterstock; 145, Erich Lessing/ Art Resource, NY; 153, Bettmann/ Corbis; 163, Mimmo Jodice/ Corbis

著作权合同登记号 图字：10-2022-75号

希腊神话 ［美国］唐娜·乔·纳波利 / 著 ［英国］克里斯蒂娜·巴利特 / 绘 步朝霞 / 译

总 策 划 葛庆文
执行策划 陈 叶 彭 波
执行统筹 彭 波 王 维
责任编辑 朱旭玲
装帧设计 韦 枫
校 对 梅 娟
责任印制 单 莉

原文出版 National Geographic Partners, LLC, 2011
出版发行 译林出版社
地 址 南京市湖南路1号A楼
邮 箱 yilin@yilin.com
网 址 www.yilin.com
市场热线 025-86633278
排 版 南京新华丰制版有限公司
印 刷 南京爱德印刷有限公司
开 本 889毫米 ×1194毫米 1/16
印 张 11.75
插 页 4
版 次 2024年5月第1版
印 次 2025年12月第2次印刷
书 号 ISBN 978-7-5447-9798-6
定 价 129.00元

国家地理神话故事宝库

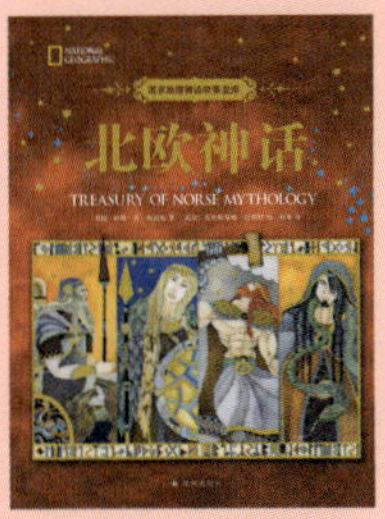

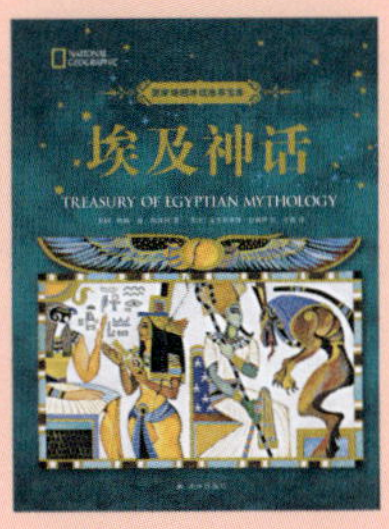

了解人类文明，开启智慧之门

- 扣人心弦的故事
- 清晰生动的叙事
- 科学严谨的知识
- 色彩丰沛的插画

语言学家专为青少年编写，屡获殊荣

- 美国儿童图书馆学会杰出童书奖
- 美国优质童书奖
- 《学校图书馆》杂志年度图书
- 长居亚马逊儿童古代历史畅销书榜

作者简介

唐娜·乔·纳波利

语言学家、诗人、童书作家，在哈佛大学获得数学学士学位、意大利文学硕士、语言学博士学位，现为斯沃斯莫尔学院语言学教授。她对神话、民间传说和童话有浓厚的兴趣，并长期进行研究，著有七十多部童书，这些作品曾获金风筝奖、美国优质童书奖、父母选择金奖等，入选美国《学校图书馆》杂志年度图书、《柯克斯书评》年度图书等。

绘者简介

克里斯蒂娜·巴利特

插画家、剧作家，毕业于英国切尔西艺术学院和皇家艺术学院，已为三十多部童书绘制了插图。作品曾入围英国凯特·格林纳威奖短名单，获得英国英语协会图书大奖等。